挑戰我的不完美

宥勝 著

推薦序

用心，挑戰不完美！

問我有沒想像過宥勝發片？老實說：原本沒在規劃裡！直到二〇一一年，海蝶唱片的史帝芬熱情邀約，我只問了一句：「貴公司都是創作老師加實力派歌手，宥勝唱歌真的……不太行，這樣你還要談嗎？」對方相當積極，還安排公司總監和我去馬來西亞參觀音樂學校，誠意十足。同一時間，也有其他唱片公司來探詢宥勝發片的意願。

但這樣，公司就要宥勝開口唱歌嗎？

二〇一一年第四季，怡佳娛樂幫宥勝訂的二〇一二年度計畫是「挑戰年」，包括演出不同於「高富帥」的角色，所以拿到《麵包樹上的女人》劇本時，直接挑了腳底按摩師「安小祿」這個角色。張小嫻的文本加上徐譽庭的編劇還有堅強的製作團隊，戲分、排名甚至酬勞都不在考慮之列。會不會加分永遠放在能不能加錢之前，是我們一直以來的信念。

那麼，二〇一二年宥勝最大的挑戰是？我們開始考慮發片這件事。曾和宥勝唱過歌的人都知道，這傢伙唱歌就是用嘶吼的方式，當作團康活動在娛樂大家，雖然不知道真正原因，但隱約感覺得到他不太敢面對唱歌這件事。如果這傢伙可以認真唱歌還發了唱片，那就是真正的挑戰了！

第一次，他二話不說拒絕了我。這是我早預料到的答案，但他拒絕之快，實在令我好奇。「會被笑！」他斬釘截鐵的說。

第二次，我試著用「如果用會被笑的歌聲完成了唱片，也是你人生一大挑戰」說服他，他動搖了，看來他血液裡還是充滿了「冒險王」的勇氣。

宥勝的演藝之路，到目前為止大致都算順遂，這當然不是只有運氣而已，藝人自身的努力也占了相當大的因素。但沒有挫折與低潮的人生，往往會令人失去自省和珍惜的能力，讓宥勝

推薦序

怡佳娛樂經紀有限公司 Rita

早點經歷困難是件好事。在這樣的前提下，「完成發片挑戰」成了二〇一二年宥勝的重點計畫。是的，我們認真了。儘管很多人甚至媒體朋友並不看好，公司也常常被粉絲網友不諒解，認為我們操死宥勝只想撈錢。這樣說也許對唱片公司不公平，我們只想認真面對發片這件事然後去完成挑戰，其餘一切就交給市場決定。

出版這本書，也是早在和唱片公司簽約時就規畫好的，真實的將過程記錄下來，在記錄的過程與自己對話，這是宥勝的學習之旅。

提出本書企畫時，時報出版的主編信宏嚇了一大跳：「你們真的願意這麼坦白？站在我們出版社的角度當然好，但宥勝的形象一直算是完美先生，你們公司願意這樣做很難得！」他半信半疑的看著我。

「當然！」宥勝也參與了會議，大家甚至決定這本書要走「勵志」的方向，挑戰自己的不完美，這個經驗很難得，也預期過程中會遇到相當多挫折與磨合，除了為宥勝的歌手初體驗留下一個記錄，如果因而可以鼓勵到哪位讀者，那是最好的了！

二〇一二年年底，宥勝的首張專輯終於要發行了，而這本書充滿坦白與反省的書也上架了。

要感謝海蝶唱片總經理黃健忠一直給我們正面的力量、這年來和我在ＭＳＮ上針鋒相對但也願意互相理解的Joy副總、老是非常樂觀的史帝芬，和海蝶及馬來西亞海螺所有老師們和工作人員、怡佳經紀王淑娟總監、一直陪在宥勝身旁的執行經紀人林宜嫺和怡佳團隊，時報出版所有被在下「機車」過的編輯部文青們，還有讓宥勝大解放的馬毓芬老師。

最感謝粉絲朋友們的支持。

最後我要感謝宥勝接受這個挑戰，也給了怡佳團隊持續學習的機會。

推薦序

出發的人，能得到下一個夢想！

又出發了！

連日密集趕路取景，這日醒來的清晨一樣低溫卻陽光普照，旅行車已經在一樓馬路旁發動引擎，從電梯口陸續出現的外景夥伴們拖著行李箱，各個都還像是隻無尾熊睡眼惺忪，走起路來搖搖晃晃。

我這負責帶隊的大哥才把道具行李緩慢推到旅行車後方時，突然驚見站在車後的這位明日偶像已經打點好自身有形的妝髮與裝扮並幫忙著大夥兒，宥勝一樣快速彎腰抬起我的行李推進車裡，有精神的問候：「蕭大哥早！」

駕駛山東大叔開著一車人在墨爾本通往袋鼠島的路上，沿途南澳洲海岸路旁都開滿小小紅果子。

車子停在 Big Hily 海灣，宥勝說，這是回到一條青澀時期異鄉求學打工的路程，人生曾幾何時，在自己還年輕又得到好運氣時，能再回首當年來時路，再踩上這路上。

我想，只有他能回憶起這條當時年輕氣盛、追求夢想時，自己都不覺得辛苦的求學打工之路，宥勝應該是百感交集吧！

他幾次提出，這次攝影作品想沿途用他的文字來表達和自己的對話，聽到這些，我想宥勝內心應該覺得這次又是一次他的人生路程，他想和自己多聊聊，或熱情的和我們分享。

到了袋鼠島的第一晚，我和大夥兒從小旅館借來一只淺米色四方桌，摸黑把相機角架在巨大橡樹旁就定位，我鼓勵這年輕的小夥子，就站上去吧！站上去面對自己、面對未知，還有滿

推薦序

旅人藝術家　蕭青陽

天浩瀚的銀河星辰……
遠遠深黑的海邊，我看到宥勝站在桌上的剪影，和一望無際的星海。

目錄

目錄

要我唱歌？想都別想

剛出道的男孩被送進全新歌唱節目的海選現場，
他非常恐懼又抗拒、卻不得不這麼做。
於是他進入海選的評審室，獻唱了一段失誤百出的歌曲——

從此之後，他再也不曾開口唱歌……

● 你問我，為什麼不好好演戲，而要來出唱片、當歌手？
● 我想先讓你，聽一個小故事。

二〇〇七年七月二十二日，有個男孩向電視臺毛遂自薦，而得到了旅遊節目《冒險王》的主持資格。

他當時還只是個素人背包客，並沒有任何驚人的亮點可以向世人宣告身分。於是，他被送進了當時正在籌備的全新歌唱節目《超級偶像》的海選現場，參加歌唱選秀。

對他來說，這是一件很可怕的事，因為他並不知道該怎麼唱歌，或者說，他並不知道該怎麼「專業」的唱歌，所以他非常害怕，也苦苦哀求了很多次，但是，都沒有結果。

他被這樣的說法說服：即使第一輪就被刷下來也沒關係，至少有個宣傳點，可以同時為兩邊的節目製造話題。

人在江湖，身不由己。於是他在無助、恐懼又抗拒的情況下，進入了海選的評審室，獻唱了一段異常緊張的歌曲……

從此以後，他就再也沒有踏進任何歌唱評選的場地。

而在未來的兩年裡，他也不曾再開口唱歌了。

剛剛那故事——還滿明顯的——其實就是我生命裡的一段經歷，但我一直都沒有對別人提起過，甚至連我的經紀人Rita姐，都是到了我要出版這本書的時候才得知。

但是，唱歌這件事情影響有那麼重大嗎？反正以我目前的生活來說，唯一會接觸唱歌的場合，頂多就是在ＫＴＶ跟朋友歡唱，只要我藉口自己喉嚨痛、不斷找人聊天，或是拚命找人敬酒，這段漫長的時間很快就會被那些超級愛唱歌的人消耗殆盡，我也就不用逼自己一定要去面對那個令人難受的回憶。

但是當唱片公司找上門的時候，事情就變得非常嚴重了——

「我不要！」

第一次聽到出唱片的提議，我很爽快的一口拒絕公司，反正大家也只是在交流意見，並沒有任何決定性的結論。可是當第二次、第三次的約談不斷出現時，我終於開始無法忍受。

「你說他們『專業』，是指我的歌聲可以靠電腦調音嗎？那現場表演怎麼辦？不會唱歌又硬發專輯，這件事對宥勝的形象真的會加分嗎？」

「有多少演員因為跨足唱片圈而被大家恥笑？我為什麼要再冒險呢？」

「而且我的歌聲真的不行，我不是在開玩笑或謙虛，是**真的完全不行！**」

我質疑公司，也質疑自己，因為在那些質疑底下，是一顆不該去觸碰的地雷！

我很怕、非常害怕，因為我感覺公司有想要努力說服我的打算，而且我也感覺到，我好像非得要再回去那永生難忘的一天了……

「為什麼我一定要來海選？難道沒有別的方法嗎？」

其實在走進《超偶》海選的評審室前，我不斷不斷的想著這個問題。我不確定這樣的抗拒是否增加了事件發生後的痛苦，但我真的是沒辦法心甘情願去執行那項對我來說毫無道理的指令。或許才剛滿二十五歲的我，還不能理解什麼是「必要」的商業操作吧！

「哦，你就是宥勝啊？」走進評審室後，老師意味深長的看著我，然後給了我一個友善的微笑。「好，那直接從副歌來就行了。」

「咳……好……那，可以開始了嗎？」

我緊張的邊問老師，邊環顧現場。卻發現除了老師之外，其他工作人員

有些事，難道就不能一輩子都不去面對嗎？

臉上的表情，在已經收錄過幾百首各式各樣的歌聲之後，出現了麻木與無奈的冷漠疲態。現場彌漫著一股尷尬的氣氛，而我在當時感受到的現場訊息是：你趕快唱一唱好不好？我們想趕快回家了！

「嗯……好……我……我～會～發～著～呆～～～」我當時選唱的歌是周杰倫的〈軌跡〉，因為我很喜歡這首歌，但是……

『Shit！起音太高了！』我在心裡用力尖叫著！

『還來得及重來嗎？……算了！飆上去啦！』我開始不斷的自我對話。

『可是我明明就唱不上去啊！一定會破音的！×的，這裡又不是KTV！』

『老師不看我了！他本來還一整個興致勃勃的樣子！』

『氣氛怎麼可以尷尬成這樣？閉上眼睛會不會過得比較快？』

『我為什麼要來？我為什麼要來？**我為什麼一定要來?!**』……

我不記得當天自己是怎麼離開現場的，因為我選擇遺忘。我想要當作那天什麼事情都沒有發生，然後跟以前一樣正常的過生活、正常的聽歌、正常的跟高中死黨每年都到KTV鬼哭狼號……但是，我卻再也做不到了。

而現在，公司竟然要我去重演這幾年來我一直想要遺忘的場面？

我只能說，**想都別想！**

挑戰自己，
戰勝不完美——

每個人一生中總會有完全不想面對的恐懼：「這個我一定辦不到」、「我真的不行」、「一定會失敗的」……負面情緒在所難免，但一味的逃避，「恐懼」就會消失了嗎？

以前，唱歌對我來說，是「恐懼」的代名詞。

逃避恐懼？
或不留遺憾？

這家以音樂創作與歌手培訓起家的唱片公司，
先從歌唱比賽中挑選出素人歌手，經過「魔鬼訓練」後才讓他們跨入市場。
「你可以考慮一下，有任何疑慮或要求都可以提出來，反正你也知道，我們並不會逼你。」
不知為何，在這種危急存亡的時刻，我竟然想起了一個人……

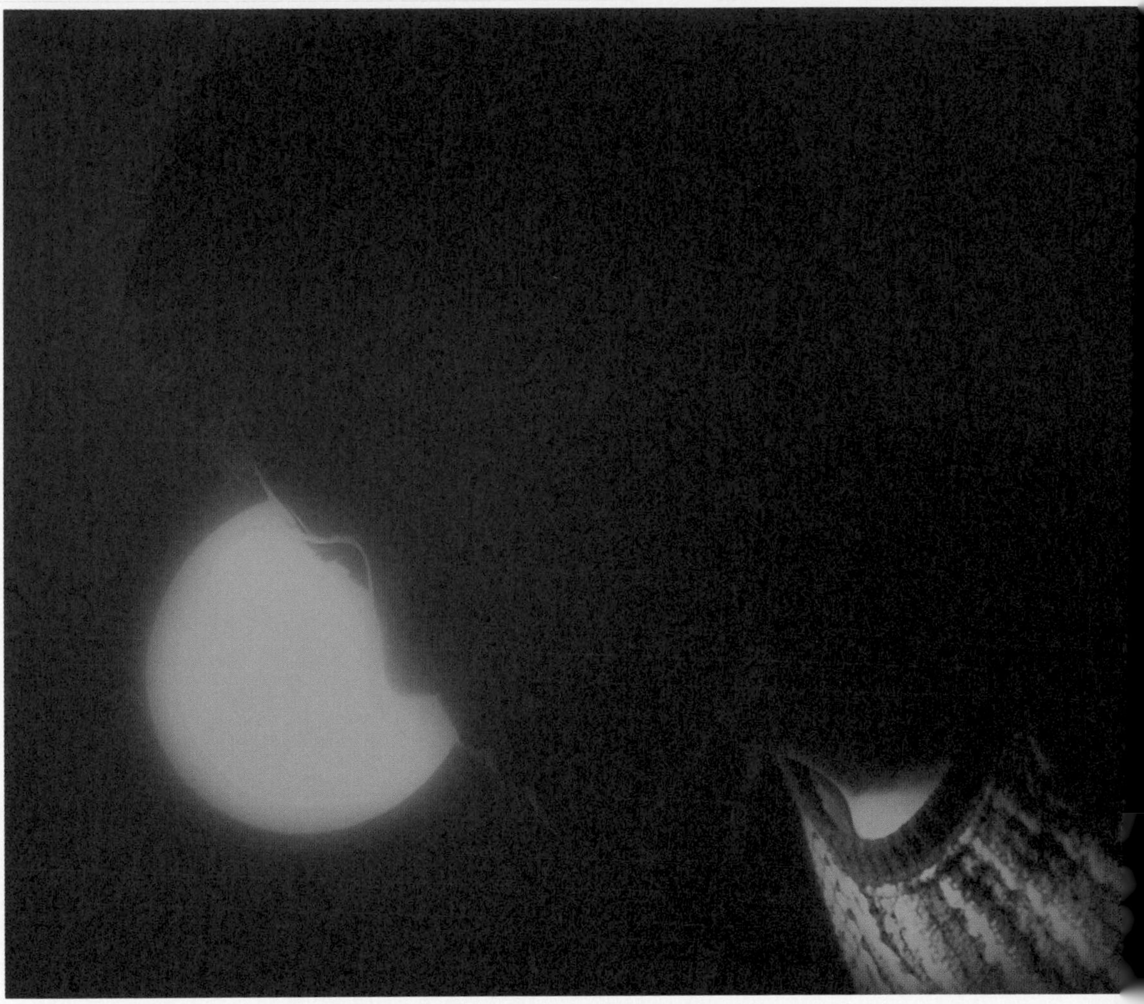

●你問我，既然這樣，那為什麼我不好好演戲就好，還要答應發唱片、當歌手？
嗯……我想再讓你聽聽另外一個小故事。

二〇〇八年六月，有個男孩到臺北市青年公園的附設游泳池報到，準備參加九十七年度義勇救生隊的救生員訓練。他發現，在所有報到的年輕人隊伍之中，混雜了一位年過半百、看起來慈眉善目的大叔。男孩心想，或許他是教練吧？

訓練開始了。

所有學員每天瘋狂的游泳、喘息，先學會用五種方式漂浮在水上後，就得抱著磚頭跳進水裡，不准上岸；或者被逼穿著長袖、長褲下水，學習在幾乎動彈不得的狀況下存活；最後，還要被假裝成溺水者的教練強壓在水裡，體會為什麼每個救生員都想把溺水者給敲暈……總之每天，學員們都過著生不如死的訓練生活。

但是，總有一位學員會落後在進度之外，然後不斷被處罰——他叫作標哥，就是當初被男孩認錯成教練的那位大叔。

標哥每天幾乎都最早到、最晚走，游泳姿勢雖然詭異，學習態度卻極度拚命。有人說他是被偷渡進來的，否則以他游泳的程度根本不可能報名救生訓練班；也有人說他只是來玩票的，根本就沒打算考到執照。雖然未經證實的謠言不斷流傳，但因為他的誠懇與認真，即使因為他而必須接受團體處罰，大家也都默默的共同陪伴。

有一天，他終於在訓練結束的休息時間，跟大家分享了自己的人生故事：西元一九五九年八月七日，當時還是個孩子的標哥，在一件臺灣史上非常重大的天災——八七水災中差點滅頂，大水帶走了當時的家園及親愛的家人，讓他一輩子都懼怕「水」。

「那為什麼你還要回來面對這麼恐怖的事？這輩子都不游泳也不會怎麼樣，不是嗎？」男孩很疑惑，標哥都到了「知天命」的年紀，還要來跟大家一起受這些罪，實在滿令人心疼的。

結果，標哥卻笑笑的回答：「因為我不希望我的人生裡有遺憾。」

「公司討論過了。」

最後一次約談，我眼睛直勾勾的瞪著 Rita 姐，聽她一字一句的說。

「唱片公司說他們可以訓練你，因為他們在海外有專門的音樂訓練中心。」

展現十足誠意、三番兩次前來洽談的唱片公司，也就是我現在隸屬的唱片公司——海蝶音樂，是一家以音樂創作與歌手培訓起家的唱片公司。他們從新加坡地區開始，先從歌唱比賽中挑選出阿杜、林俊傑、BY2等素人歌手，經過「魔鬼訓練」後才讓他們跨入市場，意思就是，他們有「魔鬼訓練中心」。

「你可以考慮一下，但我要老實說，老闆還滿有興趣的。有任何疑慮或要求都可以提出來，反正你也知道，我們並不會逼你。」

不知為何，在這種危急存亡的時刻，我竟然想起了標哥。

雖然標哥後來並沒有從事救生員的工作，但我永遠記得在訓練的最後一天，當標哥通過那可怕的總測驗時，所有學員跟教練都一起為他瘋狂歡呼的畫面。標哥本人也充滿感激與感動，他不斷感謝身邊的人，甚至讓我覺得他臉頰上的水痕，並不完全是因為剛從游泳池上岸所造成的。

唱歌，對我來說到底有什麼意義？擁有好歌聲或壞歌聲，在我的人生裡有什麼差別？或許在某些場合裡，我因為秀出了好歌喉而搏得滿堂喝采，但如果不唱歌，難道我就沒有其他能讓人欣賞的可取之處嗎？

唱歌本身應該是種享受吧！為什麼我現在就連唱歌給那些早就領教過我淒厲歌聲十幾年的高中死黨聽也辦不到呢？「超偶海選事件」真的有那麼嚴

重嗎?我的面子有這麼重要嗎?而且這件事跟標哥溺水的懼怕程度相比,根本就是天差地遠,為什麼我就是陷在裡頭出不來?

或許很多事情,在做與不做之間,只有自己知道理由,而這些理由的背後,不管有多少或大或小的極端心情,其他人又能夠體會多少呢?說到底,這輩子如果都不唱歌,也不會怎麼樣,不是嗎?

我突然很想打電話給標哥,因為當時問標哥的那個問題,今天居然回到我自己身上了。

——我該跟標哥一樣,勇敢面對那件對我來說很恐怖的事嗎?

我有點後悔沒有問他,當時為什麼會突然想要報名救生班?是聽了哪一場演講嗎?還是受到什麼打擊?還是,跟現在的我一樣,只因為有個人拿著訓練的報名表,詢問他想不想報名?

最後,我並沒有打給標哥,而是傳訊息給 Rita 姐:「如果能有一段完整、不會一直穿插工作的時間讓我接受歌唱訓練的話,我就答應加入唱片公司。」

這就是我的結論。

因為如果我還有機會選擇的話,**我不希望在自己的人生裡,一直留著某些遺憾。**

標哥，你可以告訴我，效仿你，是對的嗎？

挑戰自己，
戰勝不完美——

或許很多事情，在做與不做之間，只有自己知道理由，但如果還有機會選擇的話，就不要在自己的人生裡，留下遺憾。

再也不敢自以為是

完整的訓練，是我答應發片的唯一條件。
緊接著，對外界宣布「宥勝跨足歌壇」的記者會也在北京召開。
只是沒想到，最後整場記者會的焦點，
居然是我那「落漆」的 Rap 表演……

海蝶

完整的訓練，是我答應發片的唯一條件，所以對於內地的唱酬該怎麼拆帳、代言廣告的主導標準，或是幾年內要發幾張專輯這些細節，我都沒什麼興趣。我只擔心雙方會因為意見不合而放棄合作！

所以我還得偶爾當 Rita 姐的出氣筒，聽她碎唸一些例如這合作有多麼不划算、我們乾脆乖乖繼續演戲、唱片公司真的很霸道之類的怨言——但我猜對方也是這樣在罵我們的——然後再拍拍她的肩膀、溫柔的說：「Rita 姐，宥勝以後能不能成為一位國際巨星，就看妳了，妳要撐下去啊，加油！」

當然，之後所有需要與唱片公司接觸的相關活動，我也都像小貓般乖乖配合。先到ＫＴＶ跟所有海蝶長官見面，再到海蝶簡單試唱，甚至是——到北京唱 Rap。

二〇一二年四月十八日，一場對外界宣布「宥勝即將跨入歌壇」的正式記者會在海蝶集團的總部——北京召開。現場布置了紅毯、大鼓、戰旗，一場氣勢磅礴的記者會拉開我跨足音樂界的序幕。

雖然最後整場記者會的焦點，居然是我那「落漆」的 Rap 表演，但我還是非常「喜歡」這次的經驗，真的！有夠「喜歡」的！

Rap 一直都是我在ＫＴＶ裡最有把握的歌種，而我的代表作，就是宋岳

其實本來是要騎這輛重機入場的。

庭那首歌詞長達一千三百字的〈Life's a struggle〉！我對那種感嘆現下社會亂象、發洩失落情緒，而且一定要唸得超快的歌都很有感覺，像是伍佰的〈樓仔厝〉、周杰倫的〈爸，我回來了〉、蛋堡的〈關於小熊〉等歌曲，也都是我的最愛。

我也非常享受那種「完全對拍、一字不漏」的極速快感，每次在KTV唱完這些歌，大家就會用又驚訝又讚嘆的表情看著我，所以一直以來，我就強烈認為：北京的表演，唱Rap一定沒問題啦！

但想像與現實總是有一大段差距。我在北京唱的那段Rap，老實說，根本就不能稱之為Rap，說是一段「數來寶」還差不多！整首Rap我既沒玩節拍、也沒玩變奏，唱腔跟說話幾乎一模一樣——這些技巧，我在當時當然是完全不懂——重點是，才短短一百五十個字、三十幾秒的表演，我就NG了五次以上。

這真的是我這輩子最「愛」的時刻了，因為一切的一切完全出乎我意料之外！我原本以為，雖然這不是主持或演講，但上臺開口一定是我的強項；我原本以為連一千三百字的Rap我都可以唱到一字不漏，這一百五十個字根本就是小兒科；我原本以為大家聽我唱完這段Rap之後，會像在KTV裡的朋友一樣驚喜無限（結果卻變成驚嚇連連）；我原本以為這一天記者會結束後，整個團隊就會充滿信心……

這些信心充足、以至於減少練習時間的各種「自以為」，最終帶給我的，是連半點同情都沒有的徹底失敗！

從今以後，每一場在我眼前出現的現場表演都變得格外珍貴，不管是以舞蹈為主的郭富城演唱會、以歌唱為主的張惠妹演唱會，還是以特技為主的太陽劇團，都讓我聯想到這一次的北京 Rap，也讓我永遠記得，以後不管面對什麼樣的事情，**千萬別再，這麼自以為是了**。

北京，謝謝你！

挑戰自己，
戰勝不完美——

若沒有充分的準備，就信心滿滿、覺得「這樣一定沒問題的啦！」，請先捫心自問：你是哪來的信心呢？
「自以為是」最要不得！最終的結果往往是沒人會同情你的徹底失敗！

暴風雨前的寧靜

我在馬來西亞生活的家，
生活所需應有盡有，環境也新穎又寬敞明亮。
重點是——在這些令人無法挑剔的完美機能下，
我不用工作，只需要專心訓練，
而且全程，只有我一個人。

我心中一直期待的訓練，其實也可以說是久違的假期，是我在二〇一二年度最期待的事情，但我刻意壓抑著這份情感，不敢太過興奮，就怕太過期待的下場，是到現場後大失所望，然後整個人趴在地上痛哭流涕。

為了讓我專心學習，公司特地安排我到馬來西亞受訓，也努力把其他工作排開，讓我有整整五個禮拜的時間可以專心訓練。

或許對一個真心想要學習唱歌的人來說，五個禮拜根本就太短，但是對我這個剛好處於衝刺階段、正在努力累積自己作品的演藝人員來說，五個禮拜簡直就是奇蹟！所以我非常渴望、非常珍惜，甚至珍惜到有點……不敢面對。

沒想到，馬來西亞的生活環境卻讓我整個人徹底解放了！

建在蘇丹皇宮旁的全新高級住宅區——達馬斯廣場，就是我在馬來西亞生活的家：游泳池、健身房、百貨公司、超市、按摩ＳＰＡ等生活所需應有盡有，而且內部的起居環境也是新穎又寬敞明亮。重點是——在這些令人無法挑剔的完美機能下之中，我不用工作，只需要專心訓練，而且全程，只有我一個人。

一股即將爆發的興奮感在心底隱隱的顫抖著，像這樣純粹為了充電而長

讓我興奮顫抖的地方！

期出國的狀況，除了澳洲打工度假那段日子之外，此番是這輩子的第二次！除了上課之外，其他時間我不管是要睡覺、寫文章、看ＤＶＤ，還是運動健身，都可以毫無壓力的隨心所欲了！

在我幾經確認，確定「完全放鬆的修身養性」這件事真的有可能實現的時候，心裡那股強烈的興奮感就再也壓抑不了。

「天啊！這簡直是在作夢！我可以在這裡待五個禮拜耶！天啊！」我開始不斷搖頭嘆息。

「喂，你又不是來度假的，有必要那麼誇張嗎？」Rita 姐其實也很替我高興，但她就是一定要酸一下。

「沒關係啦，就讓宥勝好好放鬆一下嘛！」其他海蝶的同事紛紛說道。

環顧這我未來五週的家，這一刻內心感到十分寧靜。

雖然無法預料明天開始訓練後到底會發生什麼事，但現在的我有一種君臨天下的優越感，因為我清楚知道，接下來的每分每秒都是屬於我自己的，而未來幾週所要做的事，不是為了公司、不是為了粉絲、也不是為了家人，完完全全，就只是為了我自己！雖然聽起來很詭異，但我必須說：我已經好幾年沒有這樣的感覺了！

責任感過於強烈的人，只有在完全擺脫責任的時候才能擁有自己。一年最好給自己一次這樣的機會，否則我們早晚會被自己硬要攬下的眾多責任給壓垮，或者是到了某天一覺醒來的時候，才發現自己竟然跟隻地鼠一樣，汲汲營營卻盲目地生活了好幾十年。

於是，我就這樣恣意沉浸在完全擁有自己的異樣滿足感中，慵懶的度過在馬來西亞的第一個夜晚。

挑戰自己，
戰勝不完美——

責任感過於強烈的人，往往會太過緊繃、給自己太多壓力，反而造成反效果。
時時提醒自己：不要執著於眼前的黑暗，抬起頭來，看看四周美麗的風景。
享受生活，也是人生必須的功課。

這孩子，什麼都不知道

老師們你一言、我一語嚴肅的講解，我依舊聽得興致勃勃，
天真的認為只要有心，就沒有做不到的事。
就這樣帶著一股莫名其妙的氣勢，
傻傻踏入有如驚濤駭浪的魔鬼訓練……

海螺森林
HALO FOREST
WELCOME
海螺森林
HALO FORES
螺森林
O FOREST

魔鬼訓練中心看起來一點都不魔鬼。

我想，我的人生應該是被詛咒了，只要我卸下防備、一心一意認為自己的美夢會成真時，那就一定會有可怕的事情發生。

例如在我大一升大二的暑假—人生中第一次沒有作業和輔導課的暑假——正準備好好享受整整三個月的美好時光時，結果爺爺第二天就突然中風。於是，醫院病房成為我暑假唯一的歸宿。

還有應徵上《冒險王》主持人後，我也以為人生從此就會一路順遂、幸福美滿了，沒想到結束第一趟正式外景後，我才發現原來主持人的壓力這麼大，跟當初幻想的「靠著節目走遍世界」根本就不一樣，所以也就無奈的陷入了長達兩年的自閉憂鬱期。

但在我走進魔鬼訓練中心之前，我並沒有意識到「我可能被詛咒了」這件事。

「健忠老師，謝謝你，住的地方真的是太讚了！我好像美夢成真喔，真的謝謝。」

隔天一到音樂教室，我馬上就先拜訪了海蝶總經理——黃健忠老師，然後誠摯的感謝他提供這樣的訓練環境。

沒想到個性直接的總經理聽完卻哈哈大笑：「住得讚沒有用啊，訓練累都會累死你喔！」

「不會吧？」
我看了一眼課表，一天不過才訓練五個小時，怎麼可能會累死呢？

下午	週一	週二	週三	週四	週五
1～2點	街舞	街舞	街舞	街舞	街舞
2～3點	（自習）	（自習）	歌唱	爵士鼓	歌唱
3～4點	機械舞	歌唱	歌唱	歌唱	吉他
4～5點	吉他	（自習）	（自習）	機械舞	歌唱
5～6點	歌唱	吉他	吉他	吉他	進度驗收

第一週課表總共二十堂：跳舞七堂、歌唱七堂、吉他五堂、爵士鼓一堂。
在訓練期間負責統籌兼歌唱老師的人，則是音樂訓練中心的總經理——大衛老師。
「老實說，這樣的課表有一點吃力。」初次見面的大衛老師委婉的說。

大衛老師正激動地跟我解釋課程有多繁重。

「不，是**非常的累**。」健忠老師非常直接的補充。「因為正常的表演學習通常是一週一次到兩次，剩餘時間要反覆練習。」

「當然全心學習是可以多吸收一些，但這樣的安排還是有點勉強，因為你們給的時間實在是太短。」

「所以第一個禮拜，你只要可以『感覺』到什麼是唱歌、什麼是音樂，其實就夠了。」

老師們你一言、我一語嚴肅的講解，我依舊聽得興致勃勃，因為我還是天真的認為只要有心，就沒有做不到的事。雖然我知道學習「表演」，「感覺」非常重要，但我現在滿腦子都是時間有限、追求進度、只有五週、要學很多……所以我現在思考的是到底能做到**多少**，而不是**做不做得到**。

「所以，曾經有人接受過這種極度密集的短期訓練嗎？」我忍不住提問。

老師們互看了一下。

「嗯，好像有。」

「那效果怎麼樣呢？」我還真有點好奇。

「還滿不錯的啊！那時候的課程有再少一點點，但也已經很辛苦了。」

健忠老師似乎一直想要強調辛苦這件事。

「所以，這次是想要破紀錄嗎？」我有點挑戰似的回應。

老師先楞了一下，然後哈哈笑說：「哈哈哈，對啊！我們就是想要挑戰紀錄啊！」

現在回想起來，原來老師臉上那一愣的意思是「看樣子，這孩子真的什麼都不知道啊」，害我還以為那是老師被我的企圖心給震懾到的表情。

就這樣，我就帶著一股莫名其妙的氣勢和準備大展身手的步伐，傻傻踏入了明明時間就只有五週，心情卻有如驚濤駭浪的魔鬼訓練。

魔鬼訓練？沒在怕的啦！

挑戰自己，
戰勝不完美——

在下定決心的那一刻，最需要考慮的是能做到多少，而不是做不做得到。相信自己只要有心，就沒有做不到的事！

恐懼襲來

在一段簡單的「歌聲健檢」之後，老師就開始針對我歌聲裡的各種病症來做治療。第一堂課足足上了三個小時之久，徹頭徹尾讓我感受到什麼是「練歌」，下課之後，我卻再也開心不起來了。

其實不管要上什麼課，我的心情都是愉快中帶著期待，因為能夠回到無憂無慮的學生時代，應該是每個進入社會、拚命工作的人們小小的夢想吧？這種心甘情願的自我充實，當然和小時候接受義務教育那種身不由己的淡淡無奈不能比擬，就是連走進教室的步伐都輕快許多。

「來，先讓我了解一下你的歌聲吧！」大衛老師在鋼琴前面坐了下來。不同音域的發聲、分辨細微的音差，以及記憶一段一段的隨機曲調，都可以讓老師了解我對聲音的聽力、理解力和掌控力到什麼程度，但如果想要知道我唱歌的功力到底怎麼樣，直接唱一首歌其實是最快的方式。

「因為這一次你的訓練時間很短，所以我決定直接教你唱〈昨日〉這首歌，邊練邊學，這樣年底發片才來得及。」

〈昨日〉是當時已經確定會收錄在我專輯裡的唯一歌曲，我們終於要開始切入重點了！

「那麼，你對這首歌熟嗎？」

「算熟吧！」我想了想，以平常在KTV點歌的標準來回答。

「好，那你先唱一遍給我聽。」

我心裡很緊張，但還是一直勸自己放開，既然人都已經來了，當然就要

來了，就唱吧！

讓老師完全了解自己的實力才有辦法對症下藥啊！唱不好本來就很正常，再難聽也要讓老師知道為什麼難聽，所以我就用一種不知是放鬆還是放棄的心情，很認真又很努力的把〈昨日〉給唱了一遍。

「好，好。」老師一邊在想著事情、一邊發出些沒意義的聲音，然後陷入一陣沉默。

我不知道老師在想什麼，但我猜他可能是在思考該怎麼樣在五個禮拜裡調整我的歌聲、有哪些教學重點，還有到底能做到什麼程度吧！

在這段等待的沉默中，我實在有點不知該用什麼表情來面對，是該用「看吧，我就說過很慘吧」的輕鬆表情？還是要用「老師，你說吧！我真的可以承受」的沉重心情呢？

「宥勝，是這樣的。」老師其實並沒有讓我等太久，就緩緩開口：「我現在先針對你的歌聲提供一點意見，但你不用太擔心，我們可以一樣一樣來調整，我只是大概讓你知道一下你的狀況。第一，你呼吸的方式不對……」

接下來的講評實在很令人喪氣，但我拒絕接受打擊，反正我本來就是為了改變這些「為數眾多」的不足才會來到馬來西亞，問題愈多，就代表我愈有機會變好，老師的這番「意見」，應該會讓我更勇敢、更有衝勁才對啊！

「好，大概就是這樣，唱歌其實沒有那麼難，而且還有很多時間，所以真的不用太擔心，那我們就先從練習音準開始，把音唱準是最基本的要求。」

就這樣，在那段簡單的「歌聲健檢」之後，老師就開始針對我歌聲裡的各種病症來做治療。

這一堂課足足上了三個小時之久，而且中間毫無間斷，徹頭徹尾讓我感受到什麼是「練歌」……所以下課之後，我就再也開心不起來了。

但我並沒有跟大家多說什麼，還是很正常的跟著一起去吃肉骨茶、有說有笑。大家要我放鬆心情，我說好；大家要我加油，我說一定；大家要我早點休息，我說晚安。

直到一個人走回房間、洗了澡、開了電腦後，我才整個人呆呆的、回想著那一堂課、以及即將發唱片這整件事。

最經典的強顏歡笑。

挑戰自己，
戰勝不完美——

學習的過程中，因為吸收了大量知識，才徹底體認到自己的不足。沮喪和害怕在所難免，但絕對不要因此而退縮，失敗並不可怕，勇敢迎戰吧！

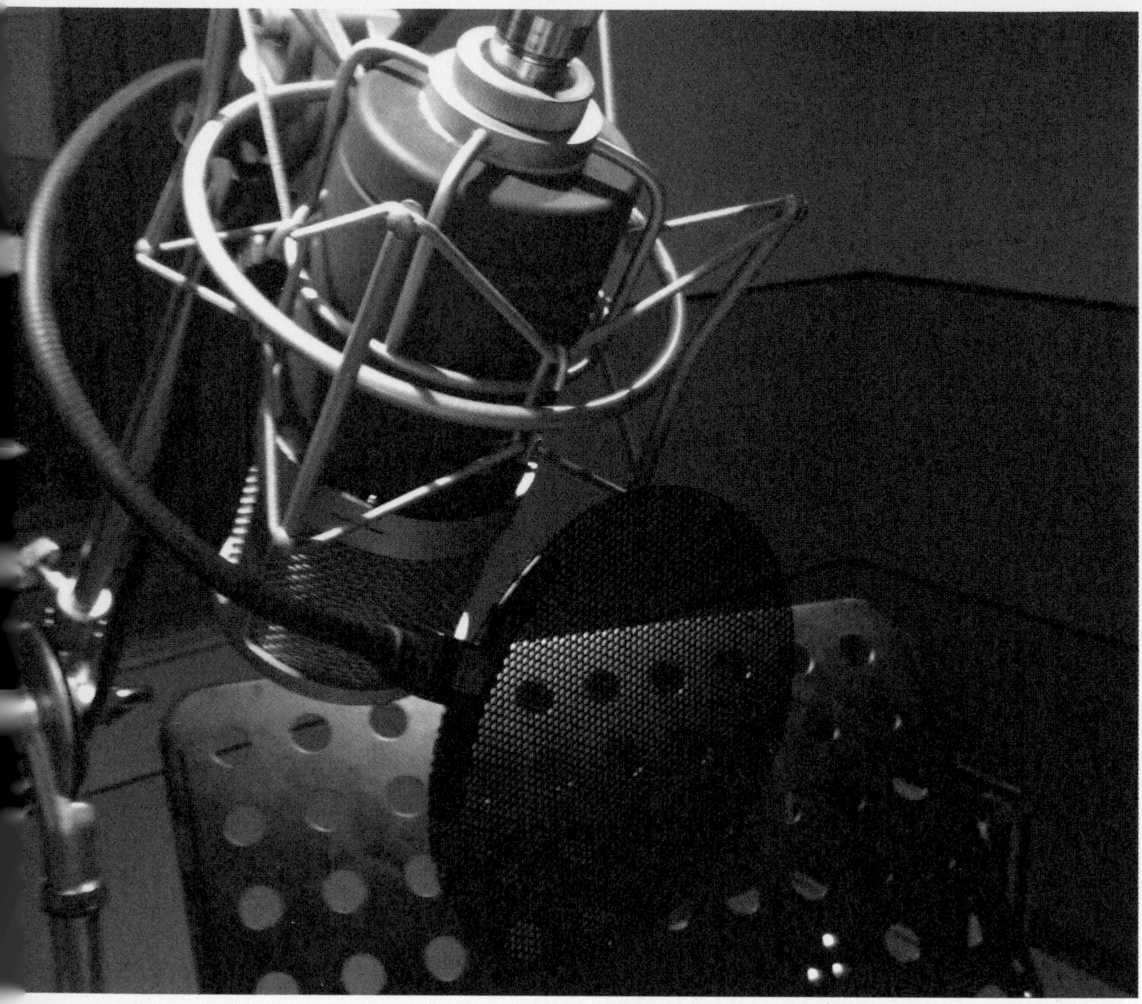

我不可能會成功的

我終於強烈感受到自己唱歌的水準和專業歌手差別在哪裡，
光是音準的訓練就已經夠讓我顧此失彼、亂了方寸。
如果再把其他技巧都加進來——
五個禮拜，怎麼可能會夠?!

「你為什麼要出唱片啊？」

其實這個問題，在我自己的內心掙扎過後，也在所有得知消息的朋友口中再輪流掙扎一次。

「你很會唱歌嗎？不會嘛！那為什麼不好好演戲，還要跑去唱歌呢？」

「你知道如果失敗的話，很可能會傷害你的演藝事業嗎？」

「現在歌手根本不好當，而且歌手都搶著要來演戲了，你為什麼還要倒著走？」

「我們認識這麼多年，你知道我看人很準的，你根本就不適合唱歌，放棄吧！」

朋友提出的這些問題，我當然全都已經考慮過，但當大家又拿出來再質疑一次，甚至帶著各式各樣——很誠懇、很鄙夷、很果斷、很哀求——的情緒和證據，要我去勸公司不要出唱片的時候，還是難免感到沮喪又打擊。

更何況，在讓海蝶音樂了解宥勝歌聲的過程中——不管是在KTV試唱給長官聽、在錄音室錄Demo帶，或是在北京記者會上的表演，聽過的人也在鼓勵之餘，透露出些許不安。

但我都假裝沒看見，也不打算屈服。

因為我一心認為，只要到馬來西亞接受魔鬼訓練，只要我願意、只要我有心、只要夠堅持、只要夠努力，就算我實力再怎麼糟糕也一定會有挽救的餘地！

可是上完第一堂課後，我竟然產生一種絕望的感覺！

就像一個搞不清楚狀況的選手，在跑馬拉松之前可能會覺得：「四十二公里還好吧？慢慢跑就好啦！我平常都有在運動，一定可以跑完的啦！」結果才上場跑不到兩公里，就累到覺得自己完全不可能跑完一樣的，徹底絕望。

「那我們就先從練習音準開始，因為把音唱準是最基本的要求。再唱一次〈昨日〉，一句一句來。」

大衛老師彈起了鋼琴。

「一～個～人～回～～家～～～」我唱著早已聽過上百遍的 demo 帶。

「『一』sharp 掉了（音唱太高的意思），再一次。」

啊？才第一個字就……

「一～個～人～～回～家～～～」我小心翼翼的又唱。

「這次 flat 了（唱太低），這句再一次。」

「一～個～人～～回～家～～～」我現在滿腦子都是「一」這個字的音階。

「好，『一』對了，但是『個』卻 sharp 了一點點。最後一次，來！」

「一～個～人～～回～家～～～」

三個小時後，我強烈感受到自己唱歌的水準和專業歌手的差別在哪裡，而且還只是「音準」這項要求而已，就算我暫時先把轉音、咬字、共鳴、呼吸、力量、表情等細節都先拋棄，光是音準的訓練就已經夠讓我顧此失彼、亂了方寸。所以，如果再把這些所有技巧都加進來的話……

『五個禮拜，怎麼可能會夠?!』我在心底吶喊！

五個禮拜時間結束後，我就必須回到不斷工作、不斷拍戲的行程之中，我也不覺得自己能一心二用、甚至三用，所以我之前怎麼會天真的以為，在這麼短的時間裡會有奇蹟出現，讓我突然開竅呢？我怎麼會以為我在準備專輯的期間還可以接戲？我怎麼會以為，短短的魔鬼訓練就可以讓自己發專輯？我怎麼……

真的、真的、真的，我真的是個——超級大白痴！

一個人回家～

晚上，我把這股愈陷愈深的恐懼全都發洩在部落格裡，然後不斷用啃零食、看DVD來分散注意力，直到自己筋疲力竭，沒力氣再去煩惱，才在客廳沙發上沉沉睡去……

摘錄自部落格「克里斯夢想天空」（二〇一二年四月二十五日）：

這是我這輩子第一次感受到自己可能會失敗，
因為我第一次感覺到這麼害怕、恐懼、無力、惶恐。
從前的我，其實很會避開自己不擅長的事物而讓自己保持成功，
但今年的我，
很可能就會擁有一個完全不一樣的體驗，
因為，我感覺到，我是真的在害怕……而且，我竟然在退縮了。
這一次的狀況，真的很不一樣，
這一次的任務，真的很沒把握，

但這一次的作品，如果真的還能順利發行的話，
那它就不只是一張專輯而已，
而是一段充滿挑戰、而且充滿男兒血淚的故事啊……（泣）。
而我，將會完全忠實的記錄這所有的一切。

既然睡不著，就放縱吧！

挑戰自己，
戰勝不完美——

害怕自己會失敗在所難免，過程中的挑戰，當下也許「很難覺得享受」，可是等某天回頭看，會發現當初的艱辛，才能得到如今甜美的果實！

摯友的當頭棒喝

第一個禮拜的成果驗收得到老師們的由衷讚嘆，我的摯友馬家和茉莉也飛來馬來西亞，準備帶我去 Villa 放鬆一下，慶祝第一個禮拜的小小結訓，我卻毅然決然的拒絕了……

第一次驗收，大家興致勃勃。

在經過那頹然喪志的一夜之後，我整個人就進入「高度備戰」的緊繃狀態，開始逼自己不斷的學、不斷的練，沒有情緒、沒有害怕，就是讓自己把課堂上學到的事物一股腦兒往肚子裡吞，這樣拚命的練習之後，終於到了第一個禮拜的成果驗收時間。

「宥勝，你的表現很不錯耶！」大家的反應都非常驚訝。

「尤其爵士鼓有讓我嚇到，一個連碰都沒碰過的樂器竟然可以學這麼快。」

「吉他也不錯啊，雖然斷斷續續，但還算可以彈完一首歌。」

「跳舞雖然沒讓我太驚喜，但你是可以跳的，應該可以當武器。」

「而且說老實話，歌聲真的有進步。嗯，才一個禮拜而已，不錯不錯！」

老師們由衷的讚嘆，其他人也都有一種「如釋重負」的感覺，就連平常不太誇人的 Rita 姐，都被我偷偷知道她非常開心。

於是，我在心裡打定主意：「沒錯，就是這樣，只要繼續保持，五週以後大家就可以得到一個全新的宥勝了！」

在此同時，我的摯友馬家和另一位好友茉莉也從臺灣飛到馬來西亞，並訂了一間 Villa 度假村，準備幫我放鬆一下，一起慶祝第一個禮拜的小小結訓。

但我毅然決然的拒絕了他們。

「對不起，我不能去了，我想趁這兩天再複習一下剛學到的東西。」我嚴肅的說。

「幹嘛啊！才一兩天而已，而且我都特地為你飛來了，走啦！」馬家一臉輕鬆的慫恿我。

「對不起，雖然只有兩天，但兩天後又要開始上課，我想要維持現在的狀態。」

「你瘋了嗎？你辛苦了五天好不容易可以放假耶！而且 Villa 都已經訂好了。」

「我可以付錢！但我真的不想去。」我非常冷酷的搶白。

本來還在邊笑邊鬧的馬家在聽到這句話後，頓時收起了笑容。

「你怎麼了？」他發現了我的不對勁。

「我……」我知道如果我不說，他是不會放我走的。「我這次的訓練只有五個禮拜，時間真的很短，可是要學的東西太多，所以我希望可以在這五個禮拜學愈多愈好，否則等我回臺灣就沒機會了。」

「所以你打算五個禮拜都這樣？」

「嗯。」我的表情帶著一股冰冷與堅定。

馬家看著我，突然嘆了一口氣。

「你的人生可不可以不要一直過得**那麼緊繃？**」

「所以你覺得，我的人生應該要過得跟你一樣放鬆嗎？」我的口氣帶著一點不以為然和諷刺。

我跟馬家在工作上有著極度反差的個性，我很嚴謹、他很隨性，我會一件一件的把眼前的事情完成，他卻是一件一件的往旁邊放，所以現在我看起來很有成就，而他看起來卻是一事無成。

「那你每天活的跟機器人一樣，就很有意義嗎？」他反問我。

「當然有，我現在所擁有的一切，就是因為這樣的我才能得到的，我努力、我認真，這就是我最有價值的地方，不然我怎麼會成功？」

「好，那我問你，你在臺灣的時候都跟我講你很忙，不能放鬆，連一起吃飯的時間都沒有，那現在都到了馬來西亞還是一樣，所以你打算一輩子都這樣嗎？那就算你得到了那些成功，你真的**快樂**嗎？」

「你拚了命去完成別人要你做的功課，也用一生的時間去交了一張漂亮的成績單，然後呢？它只是張成績單耶！你的人生只等於這張成績單嗎？結果你的生命裡就充滿了緊繃、限制、空虛、不滿……用這樣的方式一直走到最後，難道你不會後悔？」

我沉默著，不知該如何反駁。

「重點是，你現在學的東西，叫唱歌，你知道唱歌最重要的是什麼嗎？是**享受**！如果你一直用這種鑽牛角尖的方式學唱歌，學再久也不會懂唱歌的啦。」

「……」

生命在充滿緊繃、限制、空虛後，還能擁有這樣的美好嗎？

我之所以喜歡跟馬家在一起，就是因為他樂天知命、懂得享樂，而且待人真誠，所以就算他看起來一事無成，我卻對他有一種難以言喻的信任與尊重。而且唱歌這件事由他來勸我就特別具有說服力，他唱歌雖然也沒什麼技巧，可是每次聽他唱歌都覺得很好聽、很有吸引力，因為他總是非常投入又享受。

其實我從第一天上課開始，就又墮入了「完成作業」的輪迴裡，想要力求表現、想要得到讚賞，又想要擁有好成績，完完全全把自己當初來馬來西亞的目的給拋到腦後。

我忘了這五週是屬於我自己的，應該要珍惜難得抽離的寧靜，好好的放鬆充電、隨心所欲，更要修身養性。

但是接下來的我，真的會記得嗎？

「走了啦！×的！我好不容易來馬來西亞還要跟你吵架，真的很浪費時間耶！」

我不確定我這個幾乎患有「工作強迫症」的傢伙，在未來剩餘的四週裡到底能不能放鬆又真心的享受訓練，但至少這兩天的週末，我是沒有時間去擔心這個了，因為最能活在當下的這兩位摯友，總是會幫把我的煩惱拋得一乾二淨。

馬家、茉莉：真的，謝啦！

終究我還是去了那美麗的海上 VILLA，徹底的拋開所有煩惱……

馬家、茉莉，謝啦！

挑戰自己，
戰勝不完美——

拚了命去完成別人要你做的功課，也用一生的時間交出一張漂亮的成績單。可是，如果生命裡只有緊繃、限制、不滿，沒有快樂、幸福、享受……這終究是一張不夠完美的成績單。

褻瀆歌壇？

我學得愈多、懂得愈多，就愈感覺到唱歌真的好難！
而且愈發現自己的歌唱程度跟真正的歌手實在是不能比，
如果硬要發片的話，我真的覺得……
自己應該是在「褻瀆歌壇」吧？

開懷放鬆的馬家style。

從Villa回來後，我好像換了一個人似的，開始用一種超隨性的態度——也可以說是「馬家style」——去面對接下來的生活和訓練。這真的讓我開始改變，我變得更愛聽歌、更敢唱、更敢扭動，而且也真的開始去玩、去享受我遭遇到的每一件事。

這種感覺很奇妙，就好像是用一種「管你的，我就是要爽」的態度去擊敗所有的害羞、不安或害怕，盡情開放又狂野的表現自己，有一點點像……酒醉微醺時那種什麼都不管的感覺。

可是這樣放肆的結果，卻讓我這週的學習進度大大落後！

進入「馬家style」的這幾天，我學到的歌唱技巧完全無法運用，就好像上禮拜沒訓練過一樣；我記舞步的速度變得很慢，連最簡單的舞步都記不起來，害舞蹈老師常常停下來陪我聊天；我注意力變得很難集中，連平常最喜歡練的爵士鼓和最需要練習的吉他，常常練不到半小時就宣告放棄；而且我變得非常嗜睡，早上常常爬不起來，甚至有時候還差點遲到。

這種失控的感覺真的把我嚇到了！

我不確定這是因為上禮拜過度壓抑而造成的反彈，還是馬家style的學習模式就是如此，但在極度放鬆之後竟然會產生這樣的反應，實在讓我有點哭笑不得。

什麼叫「享受」唱歌？看看我的表情！

最後，我決定把自己調整回「**中間值**」——心甘情願，並且熱血的學習，不能完全只是享受，要給自己一些壓力，但心情上要保持一些躍躍欲試的興奮感。

總之，第二個禮拜的訓練，就是在這些鬆鬆緊緊、來來回回的複雜心情中默默結束了。

這一週的學習心得讓我非常擔憂，因為在這段半封閉半開放的過程中，我強烈感受到入之愈深、其進愈難、而其見愈奇！

也就是說，當我學的愈多、懂得愈多，就感覺到唱歌真的愈難了！而且愈練愈發現，自己的歌唱程度跟那些真正的歌手實在是不能比，如果硬要發片的話，我真的覺得……自己應該是在「**藝瀆歌壇**」吧？

有多少歌手是花了許多年的努力才完成一張專輯，而我居然才受訓五個禮拜就想要自稱歌手？這種想法，連我自己都看不下去！因此，無論我在學習過程中到底有沒有真心的享受，這一點道德上的不安卻一直沒有任何改變。

而結束第二週課程之後，我就必須先到上海拍戲。

「宥勝，你要到上海多久？」大衛老師問我。

「兩個禮拜。」

「這樣啊，那你有時間複習嗎？」

老師很擔心我兩週後就會把學到的東西全都忘光。

「不確定耶，但拍戲應該是會有空檔啦！」

於是我和大衛老師一起準備了很多複習教材，紙本影印、手寫筆記和影音資料應有盡有，就是希望到上海拍戲的我，還是可以保持一下歌唱訓練時的良好狀態，也可以讓自己稍稍減輕一下「自稱歌手」這件事的罪惡感。

可是當我抵達上海、拿出這疊資料的時候，卻是眉頭深鎖的望著它們。

老師邊彈、我邊錄下影音資料，準備得非常詳細。

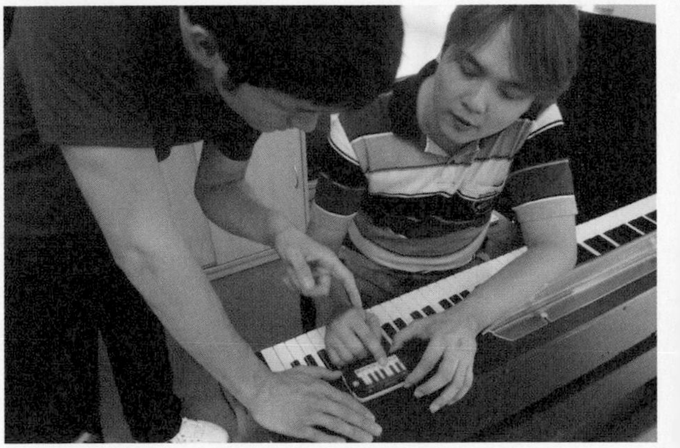

大衛老師還跟我分享 iphone 的鋼琴軟體，
可以練音準。

資料好多……老師，我帶不走了……

挑戰自己，
戰勝不完美——

太過壓抑或太放鬆都不好，我們都應該學習如何調整出「中間值」一保持熱情、興奮，但適時給自己一些壓力主動學習，這樣的效率和成果都意外的棒喔！

紅色奇蹟

來到上海，我的腦中也出現了天使與惡魔——
天使用力的點醒我：
「快去複習吧，否則前兩個禮拜的訓練就白費了！」
惡魔的聲音卻不這麼想：
「別碰了吧？不然再碰下去，我看你就要崩潰了！」

放空的一週。

學生時期的我，常常在考試前挑燈夜戰。

不知道為什麼，我明明知道這是一種極沒效率的唸書方式，但每次考試前我還是會這樣做。我爸從唸我、罵我，到睡在我旁邊醒一次唸一次，我都還是無動於衷。我寧願賴在書桌前打瞌睡卻不願離開，也不知道是為了抵抗「如果離開就等於放棄」的不安全感，還是真的覺得就算再多看一眼也好？

而這股天使與惡魔的掙扎，現在就在上海重新上演——

「快去複習吧，否則前前兩個禮拜的訓練就白費了！」天使的聲音在腦袋用力的點醒我。

「別碰了吧？不然再碰下去，我看你就要崩潰了！」惡魔的聲音卻不這麼想。

碰？還是不碰？不想碰？那你還是得碰吧？……

就在我腦袋最混亂、理智與情緒最交戰的那一瞬間，我的心卻靜靜說了一句：「我們放棄吧，絕對不會有事的。」一聽到這句話，我就馬上把資料全部甩到角落，頭也不回的跳到床上去看劇本。

整整一週——也就是我在上海一半的時間——我完全不碰音樂、不當一回事，讓自己呈現一種完完全全、由內而外的放棄狀態，因為我知道，我真的再也沒有辦法逼迫自己挑燈夜戰了。

可是，奇蹟竟然發生了。

有一天晚上，我的心又突然說話：「我們，唱歌吧？」

那天約莫是第八天。我想了一想，就默默走向那疊資料，試圖把它拿起來，但是當我看到它的時候，又開始覺得很煩，所以我的心又靜靜的說：「如果真的不想看資料，那我們就自己玩吧？」

結果最後，我跑進廁所裡打開手機，搜尋以前最愛的歌，然後用我自己最喜歡、最沒有包袱也最沒有技巧的方式，唱了一整個晚上。

奇蹟，真的是奇蹟。

自從「超偶事件」之後，我對唱歌的感覺一直千迴百轉，從一開始的反抗、逃避，到唱片簽約後的面對、不屑，和魔鬼訓練後的僵化、放縱。到現在，我終於在這次完全傾聽自己心聲的反覆之後，把自己拉回到當年對唱歌最熟悉、也最純粹的感覺——一股自然而且毫無雜念的歡樂！

我終於又願意在私底下自由自在的唱歌了！

雖然不知道到底是什麼原因讓我願意和自己的歌聲獨處，但這或許就是前兩週訓練最大的收穫吧！如果幾年來的困惑可以被這兩週的心靈歷程完全化解，那就算沒有記得任何技巧又有什麼關係呢？一想到這，我整顆心都放

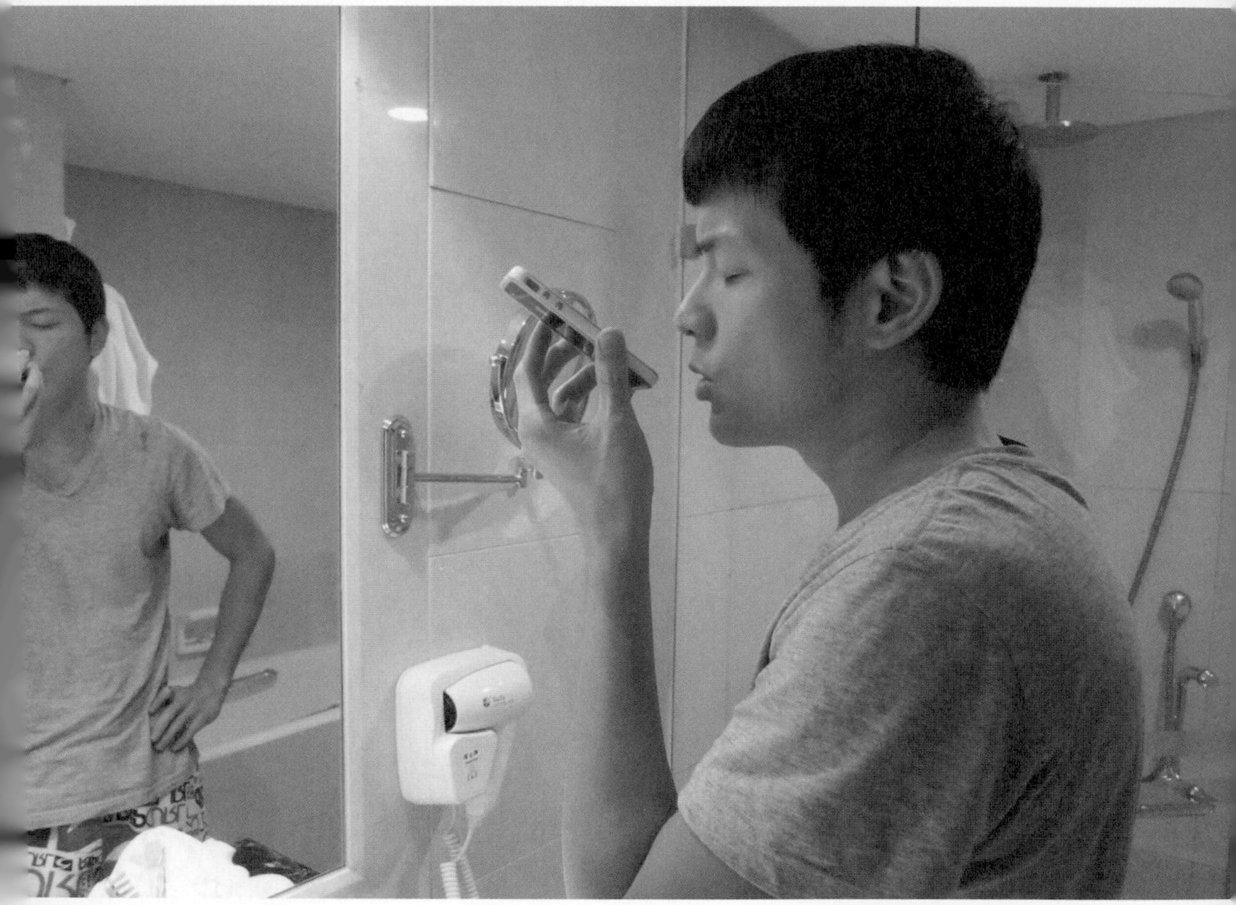

自己躲在廁所唱。

寬了。

或許，內心的感受是全世界最偉大、也最該相信的聲音，但如果沒有任何外在事件的衝擊與激盪，它又能真正領悟出什麼道理呢？

在經過這一次發自內心的紅色奇蹟之後，我就再也不去煩惱要不要唱、能不能唱、想不想唱這些問題，而是非常專注於該如何成為一位「不違背良心」的歌手，因為我既然已經為自己跨出這麼大的一步，那接下來的所有步伐，都應該要輪到唱片了吧！

總算可以安心拍戲了。

挑戰自己，
戰勝不完美——

遇到「撞牆期」，總是會逼著自己趕快跳出去，可是愈急反而愈糟糕，請先深呼吸、現在你唯一要做的就是一聆聽自己內心的聲音。

一線曙光？

幫兒福聯盟填詞給了我非常大的希望！
我發現只要我還有熱忱、我的文字還能感動大家，
就有為自己專輯出一點力的空間！
我突然覺得，唱歌這件事變得更可愛了！

享受完「浴室高歌」大解放之後，我對唱歌已不再感到困惑，心情也慢慢平靜。所以，我開始思考自己到底有什麼能力、什麼特質，更重要的是，我能成為什麼樣的歌手？畢竟我不懂樂器、不會創作也沒有歌喉，除了一身敢於挑戰的衝勁之外，似乎沒有任何一個符合「專業歌手」的條件。

雖然如此，我還是想對音樂圈貢獻點什麼，而不是成為一則新的圈內笑話。

於是，從上海回到馬來西亞之後，我開始非常積極的研究音樂市場，例如國內、外歌手的歌聲、特質、音樂曲風、發片故事、演唱會、行銷手法、成功案例等等。我不但研究，還一直拉著海蝶的同事們大聊他們所知道的所有歌手，不管是欣賞的、討厭的、傳奇的或失敗的，我全都想知道！我想，等我有了更深入的市場認知之後，或許我就可以為自己找到最適合的定位吧！就在我潛心研究的同時，公司出現了一個有趣的消息：

「宥勝，你想不想試試看寫歌詞？」海蝶的副總昭惠姐突然問我。

「啊？什麼樣的歌詞？」自從加入海蝶到現在，我從來沒想過寫詞這件事。

「幫兒福聯盟寫一首歌，因為我們打算用你專輯裡的某一首歌，跟兒福配合慈善活動，所以如果這首歌是由你來填詞的話，那整件事就變得更有意義了！」

「兒童福利聯盟」是一個致力於兒童人權、幫助弱勢及解決各類兒童問題的公益性組織，我之前就已經知道這個團體，卻從來都沒有想過可以把音樂和慈善做結合！平常的我，有時也會利用自己公眾人物的身分推廣公益活動，或是私下協助某些慈善單位，所以我非常願意為兒福聯盟出一份力，但是居然可以運用到我的寫作能力，真是一個非常意外的收穫！

於是，我一口答應幫這首歌填詞，也開始研究這次主要合作的棄養問題，才驚訝的發現，原來在已經相對富裕的臺灣社會裡，棄養兒童的問題卻愈來愈嚴重！被棄養的孩子都那麼可愛，卻因為沒有父母的照顧而非常缺乏安全感，半夜常常會作惡夢，也失去了對愛的信任，所以當他們愈長愈大，浮現的問題也就愈多。

而在這種棄養速度遠遠大過領養的狀況下，兒福聯盟所提供的暫時收養服務就愈來愈吃力，成本負擔也就愈來愈沉重。

我甚至發現，願意去領養孩子的父母們，也充滿了很多心酸的故事。他們大多是因為自己無法生育，才決定領養小孩，但畢竟不是親生，要得到其他家人的諒解及過程的掙扎，都非常需要勇氣！在看完這些讓我震撼的真實故事之後，我寫下〈伸手〉這首歌，希望可以獻給所有受過傷的人，只要不放棄希望、繼續接受愛，那就一定有重生的機會！

這整個填詞的過程給了我非常大的希望！我發現，只要我還有熱忱、只要我的文字還能感動大家，那我是不是就有為自己專輯出一點力的空間？而且，音樂居然可以有這麼多種正面的用途，我突然覺得唱歌這件事變得更可愛了！

雖然最後，兒福聯盟「搶救生命，棄兒不捨」的主題曲並沒有採用我的填詞作品，而是用廖瑩如老師所寫的〈笑臉〉，我卻沒有任何遺憾，也覺得非常開心！因為我徹頭徹尾參與了這件非常美好的事，而且我也終於在這煙霧彌漫、不知前路如何的歌手之路上，看到了一點點希望的曙光。

獻給所有曾經為愛受傷的人——

〈伸手〉

詞／宥勝

向前奔跑　鑽進溺愛
深深擁抱不怕天塌下來
忽然一陣風把夢　撕開
才知道幸福　不存在

陽光溫暖　星光燦爛
前方的路卻是寂寞黑暗
決定麻木的孤軍　冷戰
卻忽然有手　伸過來

那希望的笑　絕望的淚　糾纏在心中
怎麼證明這次不會痛
沒有動作　壓抑激動
撐著　撐著　我累了
當牽起了手　輕輕相擁　彼此的溫柔
才懂世界最美的　感動
也許未來　只要伸手
有你　有我　這條路　再也不難走

搶救生命，棄兒不捨——

兒福聯盟「出養兒童生活照顧基金」

捐款專線：02-25505959 轉 1
劃撥帳號：18413672
戶　　名：兒童福利聯盟文教基金會

誤入歧途，走火入魔

在一連串天馬行空的自我探索、不明就裡的打擊之後，我決定把所有心思都放在研究舞蹈和歌詞創作上，也對唱歌課程中一直揣摩悲傷、難過的方向非常質疑。慢慢的，「魔鬼訓練」的方向開始走偏……

其實，我從小就很會耍小聰明。

我知道什麼時候該唸書、什麼時候可以玩，也知道什麼時候應該正經、什麼時候最好微笑。不管是在考試、工作還是待人處世，我都會巧妙的避免不擅長的事，在最棒的時機秀出最拿手的能力，然後就可以用「最小的力氣」達到「最大的效果」。

說好聽一點，我非常懂得利用自己的優勢來建立成功的形象，但換句話說，我就是不願意腳踏實地的慢慢累積，而是用模糊焦點的詭計來得到大家的注目。

這樣的習慣，也常常絆倒我的人生。

在兒福聯盟的事情過後，我更努力的投入對自己的研究，如果我能掌控好自己所有的籌碼並且妥善安排的話，那新一波的完美作品可以說是指日可待啦！

想創作歌詞卻寫不出的苦惱表情。

就在這個時候，另一首專輯的候選歌曲也終於出現了！

『太好了！這樣就有新歌可以練，而且也大概可以知道他們希望我走什麼樣的風格了！』但是，當我興奮的用雙手點開那個音樂檔案的同時，我幾乎是用痛罵的方式大叫：『靠！為什麼又是悲歌啊？是因為悲歌比較容易紅嗎？』

除了兒福之外，才出兩首歌就都是悲歌，所以他們還是打算用藍天蔚的形象來發片嗎？

不要、不要，我絕對不要！

一股不想被市場商業化的抗拒感突然爆發！根據我對「宥勝」的研究，太悲傷的情緒根本不適合由他來詮釋，因為完全沒什麼說服力！這個人不是太陽光就是太叛逆，哪來什麼戲劇性的悲傷形象啊！

在一連串天馬行空的自我探索以及不明就裡的新歌打擊之後，我做出一個非常跳躍式、也非常「聰明」的決定——我要用舞蹈讓大家驚豔，然後用自己的歌詞感動世界！因為這兩項技能，是我目前所擁有的祕密武器！

從那一天開始，我幾乎把所有心思都放在研究舞蹈和歌詞創作上，因為我希望寫出非常多令人驚豔的歌詞來引導專輯的方向，也想用精湛的舞蹈來吸引大家的目光。

喬伊老師跟我分享麥克傑克森的舞蹈，放鬆一下心情。

也因為這樣，對於原本的課程變得非常質疑跟排斥，慢慢的，「魔鬼訓練」的方向就開始走偏，我不但沒有踏實的練習唱歌，還花很多時間在歌詞寫作和舞蹈的要求上。可是這些自以為是的付出，卻只是在鬼打牆而已。

「Shit！」我在街舞課上變得非常暴躁，因為對自己要求太高，所以只要一忘記舞步我就會暗罵粗話。

街舞老師喬伊靜靜看著暴躁的我，並沒有多說什麼。

這幾天晚上，我都在家裡試圖寫歌詞，卻發現寫歌詞跟寫文章根本是截然不同的兩件事，而且光是「為了寫而寫」，根本什麼都寫不出來！所以我非常沮喪，卻又一直鑽牛角尖。

「媽的！」這股鬱悶的心情，就在頻頻受挫的舞蹈課上不斷被逼了出來。

「宥勝，我們先休息一下好了。」

喬伊老師發現我情緒愈來愈不穩定，就拿出他的ipad跟我分享照片。

喬伊老師今年才二十三歲，是一位年紀非常輕的街舞老師，但是他擁有很深厚的跳舞資歷，並且常常到世界各國去參加舞蹈課程和國際比賽。我很喜歡喬伊老師，並不只是因為他資歷豐富，而是因為他很喜歡說故事。

「這是我在德國參加街舞營的照片。」他指著ipad，眼睛發亮的跟我說。

跳不好的時候，我很氣自己！

「那時有一個黑人老師告訴我們，跳舞其實只在表達感覺而已，不管是開心或難過，你一定要在跳舞的時候讓大家感覺到。說完後，他就跳了一段他在離婚的時候自己編出來的舞，結果他邊跳，我的眼淚就不知道為什麼一直流，而且等他跳完之後，我才發現身邊的人竟然也全都在哭！」

我聽著這個故事，不自覺出了神。

「因為他說，他非常後悔離婚，也覺得對不起前妻，所以這支舞是在他痛不欲生的時候編出來的。」喬伊老師認真的對我說：「宥勝，舞步真的一點都不重要，而是要去感覺音樂想要表達的、還有你自己想要講的是什麼，所以如果照你現在的練法，我只是覺得你很生氣、而且肢體很硬……」

「但是，如果連舞步都記不熟的話，那我們還能表達什麼？我們不都是等到舞步全都記熟之後，才會有空間放進感情嗎？」我不服輸的問。

「其實不是，因為我們的身體很聰明，它會記得你在聽這音樂、跳這段舞的時候在想什麼。所以，如果你想從全新的零分練到六十分，就一定要帶著這首歌的心情練習，不然等你用力的練到六十分，就不可能再練到一百分了，因為剩下的四十分，是只有『人』才跳得出來的，因為人有感情，不然大家就直接去叫機器人跳最精準的舞步給我們看就好啦！」

「可是，我的時間真的不夠了啊！」

「那就算你真的很厲害，可以模仿感情，然後逼自己趕快跳到七十分，那你最多也就只能到七十分而已。而且七十分，其實看起來還是很像個機器人耶！」

情感？我受訓時間都已經過一半了，哪有什麼時間談情感？而且當時間真的不夠的時候，誰又能心平氣和讓自己投入感情？時間、時間、時間！有誰能夠在這麼有限的時間裡做那麼多事情、玩那麼多感情、練那麼多東西啊？

一股走火入魔的強烈氣焰正燃燒著我的內心，每當遇到這種情況時，我就會不分青紅皂白的不斷抱怨……如果再不趕快醫治，我想……我真的就要變成一隻可怕的惡魔了……

這時候，我突然想到了一個人。

挑戰自己，
戰勝不完美——

從零分練到六十分，可以靠學習技巧和花時間練習，但想做到一百分，就必須靠「感受」了。人類能感性和獨立思考，就是人之所以獨特的價值所在！

天才的祕密

阿魯巴老師會非常多種樂器，而且不只是「會」，
而是樣樣「精通」到可以開班授課的程度！
內心愈來愈慌亂、即將走火入魔的我，
突然想到：想要解答我的疑問——找他準沒錯！

VOX
Valvetronix

阿魯巴老師的上課方式非常隨性。

教我爵士鼓的阿魯巴老師，是一位讓人看一眼之後就很難忘懷的人。

他長得有點像電影《賽德克．巴萊》裡的莫那魯道——身材高大、一頭長髮、全身刺青、眼神銳利，而且阿魯巴老師不愛說話，就更有一股讓人難以猜透的霸氣。雖然如此，可是阿魯巴老師人非常好，有耐心又從不發脾氣。連大衛老師都說：「我認識他十幾年了，從來沒看他發過脾氣、抱怨過任何一件事，我真的應該要跟他學習。」

所以囉，像阿魯巴老師這種外貌突出又帶有殺氣的猛男，坐在一間小小的教室裡，教兩位女孩拉二胡的畫面真是堪稱經典啊！阿魯巴老師會非常多種樂器，除了爵士鼓，還精通吉他、電吉他、貝斯、各種敲擊樂器，以及帶有中國風味的古琴、古箏、二胡、琵琶等等，而且不只是「會」，而是樣樣「精通」到可以開班授課的程度！這也就是為什麼阿魯巴老師一週只能幫我上一次課的原因。

內心感到愈來愈慌亂、即將走火入魔的我，此刻突然想到：如果想要請教一些時間到底該怎麼分配、或情感到底該怎麼投入的這種問題，找他，準沒錯！

充滿挫敗感的舞蹈課上完後，緊接著就是打鼓課，我把握時機，趕緊向阿魯巴老師開口。

「阿魯巴老師，我有個問題想請教你。」

「喔，好啊！」老師一邊拉開電吉他的保護套，一邊聽我說話。

「你在學每一樣新樂器的時候，會不會常常覺得很煩、怎麼練都練不好。尤其當你學到一個程度、要更上一層樓的時候，就會覺得更痛苦、更想放棄？」

「會啊，練樂器都會有很悶的時候。」老師邊拿出他的節拍器、邊回答我。

「那老師都會這麼多樂器了，為什麼還要一直學新的？每學一個新的不就要再痛苦一次嗎？而且練一個新的樂器要花那麼多時間，那其他的樂器怎麼辦？就不練了嗎？」

「不會啊，我都會一起練。」老師邊調整音箱、邊回答我。

「那你時間怎麼可能夠用？每一樣樂器都要練，又開班教課、又巡迴表演，然後又要學新的樂器，老師你是都不吃飯、不睡覺嗎？還是你根本就是個天才？」

「你為什麼會想這樣問？」老師終於把手邊的事情停下來，認真的看著我。

「因為……因為我覺得我要學好多東西，好煩！我剛剛才跟喬伊老師聊過，他要我多享受、多放感情去練習，可是我的時間根本不夠，兩個禮拜以後我就要回臺灣，現在不趕快學的話根本就來不及啊！唉……」

「嗯……」老師聽完以後，沉思了一下。「如果你是這樣想的話，那不管學什麼，都會覺得很難受喔。」

聽到這句話，我心裡一震。

「其實我每次學新的樂器，都是我自己想學，因為每次只要聽到某個樂器的聲音很好聽、很有感覺，我就會很想要把它學起來。但是像很多人都喜歡的鋼琴我就一點興趣都沒有，因為我不喜歡它的聲音……」老師調整了一下椅子，繼續侃侃而談。「當然，每一種樂器練起來都會很悶，可是每次只要我掌握了一個新的樂器，我的人生就都有一種很奇妙的提昇……我不知道該怎麼形容那種提昇，可是因為我知道那很棒，所以我願意去熬。」

「那老師，你曾經有想要放棄過哪個樂器嗎？」我好奇的問。

「有，吉他。」

「吉他？」

這，不是一個很普通的樂器嗎？

「因為我以前練吉他的時候沒有人教，是跟朋友一起玩樂團自己學的。結果有一次，我們好不容易有機會進錄音室去錄音，才發現我以前的彈法全都是錯的。玩吉他玩了十幾年還要從頭去學、重新去練，我那時候真的有一種很想放棄的感覺……可是，我真的很喜歡吉他，所以不管再痛苦，我還是想辦法撐過了。」他看了看我。「所以我覺得，你可以先感覺一下**你到底喜歡什麼**，然後再認真的去練。」

『先知道自己喜歡什麼，才能夠承受痛苦嗎？』我默默的想著。

老師又說：「可是練習真的很花時間，像我每天除了練習新的樂器，晚上都還是會把所有其他的樂器再玩一遍，十分鐘也好、半小時也好，我一定會玩。因為樂器這種東西，只要你兩、三天不碰，之後手感就會怪怪的。」

「每一樣？每天都練？」我有點不相信。

「對啊，每天都練。」老師認真的眼神，完全不像是在騙人。

或許阿魯巴老師生存在這個世界上的使命就是不斷的玩樂器、教樂器和表演樂器，老師好像也非常了解這一點，所以才會幾乎投入了自己所有的時

吉他……不是很普通嗎？

間與精力，毫無顧忌的全心發揮。

先感覺到自己喜歡什麼，再去選擇、再去努力，沒人逼迫、自動自發，卻一點都沒有比別人付出的少……難道這就是在大家眼中幾乎是個天才的阿魯巴老師，最大的祕密嗎？

但我從小到大都是先「選擇」後才去想辦法「感覺」的，所以一直到現在，我都還是有這樣的壞習慣。

「那你喜歡打鼓嗎？」阿魯巴老師突然問我。

啊？這個問題……我還真的從來都沒有想過。

「呃……好像滿喜歡的吧！因為我學得滿快的……」

學得快，竟然是我喜歡它的原因？

「呵呵，那你最喜歡誰的歌，有偶像嗎？」

「呃……有！麥可傑克森！我剛剛跟喬伊一起研究他的舞，研究得特別起勁！」

「好，那我今天就來教你麥可的歌都是用什麼樣的鼓法吧！其實很簡單……」

就這樣，在接下來的一個半小時裡，阿魯巴老師就用電吉他一直彈著麥可的歌，讓我可以用爵士鼓跟著他不斷的打，也靜靜的重新去感覺，我心裡對爵士鼓這項樂器到底有什麼最直接的感受……

老師正在告訴我，電吉他最大的祕密！

只要用心去感受……

挑戰自己，
戰勝不完美──

先去感覺自己真正喜歡什麼，再去選擇、再去努力，沒人逼迫、自動自發，卻一點都沒有比別人付出的少。沒有什麼比主動學習喜歡的事物更有動力的了！

最後一根稻草

我知道，我的心境已經不再混亂，也開始能專心練習了。
當我回到舞蹈教室，準備要振作起來的時候，突然——
「唔哇——！」我慘叫了一聲。
我的腰，因為最近在跳舞前都疏於熱身，竟然扭傷了……

上完喬伊老師和阿魯巴老師的課之後，我靜靜思考了很久。

雖然當下並沒有太多具體的心得，但我知道，我的心境已經不再混亂，而且也開始能專心練習了。可是，當我回到舞蹈教室，準備要振作起來的時候，突然——

「唔哇——！」我慘叫了一聲。

「宥勝，你怎麼了?!」一直照顧我的海蝶助理薇薇安馬上跑過來。

「Shit……shit……」我趴在地上動彈不得，只能不斷的喘氣和不斷的咒罵。

我的腰，因為最近在跳舞前都疏於熱身，竟然在剛才練習的時候扭傷了！

「Shit……」

我從地上慢慢掙扎站起，然後試圖了解這次的扭傷有多嚴重。

「呼，還可以……那我動作練小一點好了……」我竟然想要逞強。

「不行吧？我覺得你還是先休息比較好。」薇薇安非常擔心。

「再練一下下就好，不然等一下驗收會很糟……」於是我又繼續練習，結果……

「嗚啊～！」又是一聲淒厲的慘叫。

前幾個月，我才因為拍一場打架戲而扭傷了腰，那時候嚴重到連刷牙、

一蹶不振後，感覺連雲都懶了。

洗臉都沒辦法，所以現在這一扭，我知道之後不要說是跳舞了，可能連平常的生活都會出現大問題……

「完了、完了……為什麼偏偏要選在這種時候……薇薇安，幫我拿我的電話……」

這個週末剛好要回臺灣拍廣告，所以我馬上打電話給我老爸，請他幫我預約中醫。上一次拍戲的腰傷，就是靠這位李思儀醫師高強的埋針技術，才把我從腰痛的泥淖裡救出來。

不過，後來的跳舞驗收，也就在大家充滿同情與鼓勵的眼神中草草的結束了。

本來我以為，這次只是身體受了點傷，趕快去看醫生就好，卻沒想到心理上的創傷，更加嚴重。

在臺灣休養四天之後，我回到馬來西亞繼續訓練，但整個人簡直可以用「一蹶不振」來形容。或許是因為我在歌詞的創作上完全沒進展，再加上最後的祕密武器——跳舞，也因為腰傷而幾乎停擺，讓我覺得在唱片的掌控與驚喜上，已經完全沒有希望了。

「喬伊，你遇過年紀最大的舞者大概是幾歲？」

我甚至喪氣到問出這樣的問題。

都已經快三十歲了，上課還敢不拉筋。

「嗯……其實要看狀況耶！老師級的年紀可以較大，但要比賽的話，可能三十七、八歲吧！而且是一直在有維持體能的狀態下。」喬伊居然還認真的回答我。

「唉，對啊……我都已經快要三十歲了，怎麼還會想要回到十七歲時的熱血呢？而且我都已經十幾年沒跳舞了，現在才要回來跳，也太勉強自己了吧！」

總之現在的我，舞不能好好跳、歌也不想好好唱、吉他已經完全放棄，而打鼓，也因為腰痛不能久坐，所以沒有什麼動力去練習……頹然、沮喪、毫無鬥志，完完全全是我在第四週魔鬼訓練的心情寫照，而我整個人的樣子，就像一隻被稻草壓垮的駱駝一樣，軟綿綿、喘噓噓、甚至還流著口水……

原本以為這個禮拜只上了三天課，應該不用驗收才對，沒想到星期五的下午，所有海螺音樂（海蝶音樂的馬來西亞分公司）的同事居然同時出現在音樂教室，就連從來都沒有露過面的重量級音樂人——李志清老師也親自到了現場。

等大家都到齊、就定位之後，大衛老師才平靜的跟我說：「宥勝，十分鐘後，我們來驗收吧！」

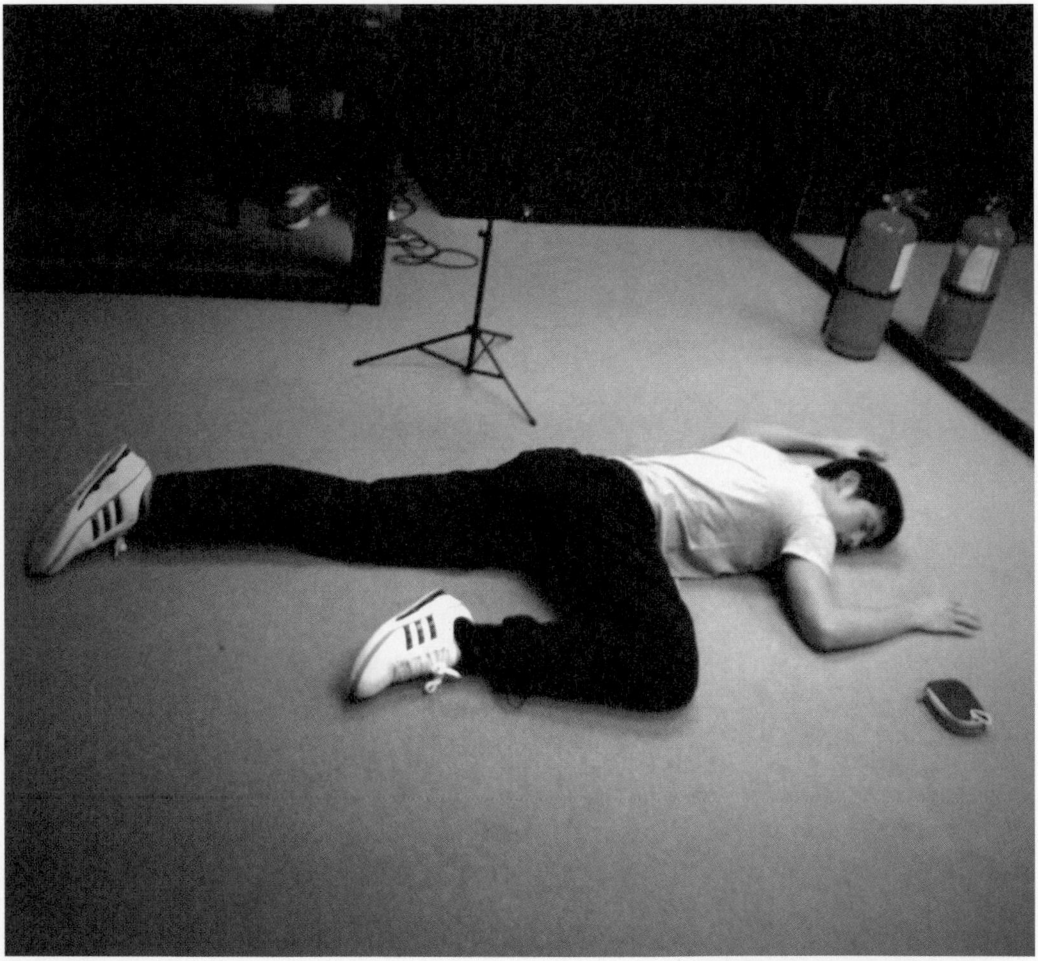

腰都這樣了……你還要我驗收……

挑戰自己，
戰勝不完美——

光憑一股自以為年輕的熱血是不夠的，熱血很快就會被燃燒殆盡了呀！
正視自己的條件和能力，在體力和膽量逐漸消失之前，先完成內心最深的夢想吧！

狗血淋頭

我在驗收時非常漫不經心、還挾帶著一股沉重的怨氣。
我氣自己、氣歌喉、氣腰痛、氣悲歌……
所以我表演得非常不甘不願，大家表情愈來愈凝重——
終於，我忍不住爆發了……

海
螺
丘祖良 Julius
Vianz

「這禮拜要驗收？」我有點措手不及。

「對啊，就把我們目前學到的東西都表演一遍就好了，你先準備一下。」

我心裡想，反正這禮拜又沒學什麼，那稍微表演一下就好了吧？所以我在驗收時非常漫不經心、而且還挾帶著一股沉重的怨氣——我氣自己、氣歌喉、氣腰痛、氣悲歌……所以我表演的非常不甘不願，這樣的成果也讓大家表情愈來愈凝重，壓得我快喘不過氣來——終於，我忍不住爆發了……

「我覺得我根本就不適合唱悲歌！」

「我覺得應該要完全了解歌手的個性，才能來幫他量身打造！」

「就是因為我的愛情經驗裡沒有太多難堪的回憶，所以從來都不會去聽悲歌！」

大衛老師感覺到氣氛有點僵，所以趕快跳出來幫我說話。

「他今天的聲音狀況比較差，而且他最近生病，所以狀態不是很好……」

「但我認為聲音啞不是藉口。」坐在評審區的業務部經理安吉率先說話了。「你知道林俊傑有一次大感冒、喉嚨根本發不出聲音，但他依然堅持要完成表演嗎？他當時只不過是去別人的演唱會當現場嘉賓，我們都勸他不要上臺，但他居然為了表演而去找醫生打針！雖然上臺之前，我們還是覺得他不行，但是當他一開口唱歌，就馬上拿出了最專業的表演水準。」

「這才叫作歌手，聲音再啞，也會努力的唱！」砲火開始漸漸猛烈。

「我覺得以你這樣的程度要當歌手，還差太遠了！」李志清老師這麼說。

「以我們這些製作人來說，你這樣的歌聲根本就不能進錄音室，否則一定會被配唱老師罵得很慘。已經四個禮拜了，如果在這裡的狀況都還是這樣，那你之後又拍戲又工作，還會有任何進步的機會嗎？」

「如果你真的想當歌手的話，就請你要加油了！」

大家講話也愈來愈直接。

超嚴肅的砲兵團。

我非常煩躁的表演。

「宥勝，我認為你應該要更努力練習。」就連平常對我很好的副總阿肯也這樣說。「雖然你的確有進步，但我覺得你不夠用心，你應該去多接觸歌，多聽、多學、多唱、多感覺音樂，也要多去體會作詞人背後深刻的心情，而不是一直抱怨。當你花很多時間在感覺的時候，你的歌聲就會慢慢由內而外的進步。我今天有準備一首歌，很適合現在的你去聽，希望你參考之後可以給我們一些分享。」

在歌曲放出來之前，我的腦袋整個嗡嗡作響……大家所給的建議，我覺得真是既中肯又殘酷，難怪古人要形容內心被衝擊的成語常常不是灌頂、轟頂，就是當頭棒喝之類的……當時，我真的有被一棒打在頭上，然後完全呆立失重的飄浮感……所以在音樂放出來之前，我都低著頭、一句話也沒說。

結果——

「**祝～你～生～日～快～樂～～～～**」超熟悉的歌曲旋律從音響裡流洩出來。

我整個人先是傻住，然後馬上抬頭一看——所有人的臉都笑得開開，一起捧著一個大大的蛋糕，等著看我的反應。

「怎麼樣啊？聽了這首歌有什麼想跟我們分享的嗎？」阿肯邊憋笑、邊問我。

「**我——我現在想要扁人啦～～～～**」

雖然大家用了一個「生日整人」的大梗來肆無忌憚的對我開砲，但我相信，這也是大家內心真正想要對我說的話。雖然我嘴巴痛罵著大家演技真的很好，根本就可以去組成超賤砲兵團，其實心裡卻是暗暗的感激。

如果要把這段狗血淋頭的痛罵做個總結的話，那就是——

「如果一直在花時間找藉口，那就什麼事都別想做了！」

一直到現在，這句話都對我非常受用，只要此念一轉，後來的威力真是無比巨大啊！

這個生日的震撼也真是無比巨大。

馬來西亞粉絲幫我慶生。

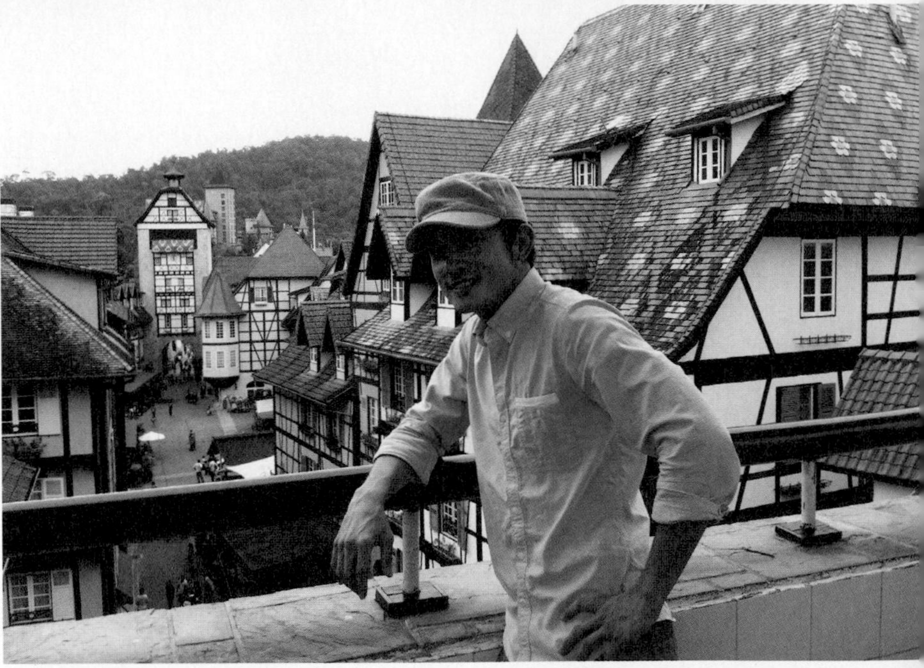

難得生日偷閒出遊，地點為吉隆坡附近的 Colmar Tropicale 法國村。

挑戰自己，
戰勝不完美——

覺得迷惘時，最好的辦法就是找來會給你良心建議的朋友。無論那些建議是多麼中肯又殘酷，聽得你心如刀割，但這是讓你停止找藉口、面對現實的最好辦法！

結訓時的迴光返照

這是我最後一次前往魔鬼訓練班。

最終回的驗收，我完全沒有NG，
而是非常有自信、也非常有把握的把整支舞跳完、把三首歌唱完。
當我最後一個動作跳完的時候，大家立刻爆出如雷的掌聲……

BIG SALE
WNH 5571

在這場大悲大喜、水深火熱的結訓慶祝之後，到了我生日當天，海螺同事素玲特地帶我去玩。雖然沉浸在馬來西亞的風光之中，我還是一直在跟素玲聊唱歌的事。

素玲，是從我抵達馬來西亞的第一天、一直到我離開的最後一天，負責安排我食衣住行、接我上下課，還帶我到處玩樂的海螺音樂經紀人，也是在受訓期間跟我聊過最多話、感情也最好的馬來西亞同事。

平常，我們的對話裡通常都是一些東拉西扯的閒話，但在我被砲兵團砲轟之後，和素玲聊天的那一席話，卻奠定了我在最後一週的課程中，可以進入最佳狀態的心理基礎：

「我也不是故意要去找藉口啊！我只是覺得時間不夠嘛！」我還是在找藉口。

「妳不覺得要做好一件事，就是要找到最棒的方法去做嗎？」一邊找藉口，還一邊跟她推廣我的「小聰明理論」。

「我就是很不喜歡當個笨蛋啊！因為我覺得一件事如果不適合我，或是我做了也不會有什麼成效，那乾脆就不要做，因為就算做了，也是白費力氣！」

我跟素玲的相處模式，通常是在我說完五十句話以後，她才會回我一

素玲是很會照顧人的貼心女孩。

句。所以剛才那三句，應該分別是第四十八、四十九和第五十句……

「可是，你知道嗎……」

哦，輪到素玲說話啦！

「不管我們做了什麼事，**都不會是白費力氣的**。」她邊開車、邊跟我說。

「不管我們在做的事情是不是很快就可以得到結果，但我知道，只要我們曾經努力過，就絕對不會是白費力氣。就像你現在可能很不想唱悲傷的歌，但是如果你有努力，雖然最後你可能還是沒有辦法像那些悲歌王子一樣唱得那麼悲慘動人，但是，搞不好以後你演哭戲的時候就會更容易哭了啊！我們現在在做的事，不管是好事、壞事，都不會做過就算了，因為它是真正『存在』的，而且，它是會一直默默影響著我們的……」

這一段對話，又深深的揪住了我。

可能是我的心靈，在這一段受訓的期間裡變得很脆弱吧！不然為什麼最近常常會被一些本來就知道的小道理給深深震撼呢？

所以在最後一週，我變得跟一隻忠犬一樣又乖又聽話，老師要我叫我就叫、老師要我跳我就跳，沒有多餘的思考，也沒有做無謂的徘徊。就在這種毫不猶豫的埋頭苦練之下，第五回——也就是最終回——的訓練驗收，很快就到來了。

『這一次，我絕對不會再讓大家失望了！』我定定的看著舞臺。

『之前我每次表演都ＮＧ，尤其是跳舞，至少都會ＮＧ十次以上，但今天絕對不行，因為無論如何，這都是我在馬來西亞的最後一次驗收了……

『所以宥勝，今天，加油啊！』我向自己信心喊話！

「唷呼！宥勝～宥勝～我愛你～～～」

臺下開始出現了一片掌聲，大家正在幫我模擬表演時的現場情況。我看看臺下，赫然發現喬伊老師居然也在裡面！

「耶！宥勝～你好帥喔～～～」而且這種噁心的話他喊得特別大聲……

「好好好，謝謝你們，我也愛你們……今天，是我在這裡的最後一場表演了，所以我一定會洗刷之前所有的恥辱，也一定會，給你們一個最棒的表演！好不好？」

「好～～～！」

結果，我今天真的完全沒有ＮＧ，而是用非常有自信、也非常有把握的態度把整支舞跳完、把三首歌唱完。雖然跳舞時，我還是有跳錯動作，但因為我臨危不亂，現場只有喬伊老師看得出來，其他人則是完全不知道！而且在我最後一個動作跳完的時候，大家爆出的如雷掌聲，真是讓我超有成就感的！

最出乎意料的是，整場最讓我感動的表演，居然是唱我最排斥的悲歌。

「哇……好好聽喔！」大家在聽我唱完悲歌之後，都默默的讚嘆著。

「而且今天唱得很有感覺，我有感動到……」在生日驚喜中，率先發動攻勢的「砲兵」安吉先說。

「對啊，真的滿不錯的，而且唱得很穩喔！」當時負責播放「參考歌曲」的阿肯也接著讚美。

「很棒、很棒！可以進錄音室了啦！」最愛在旁邊起鬨的小白又再那邊瞎起鬨。

「真……真的嗎？」

因為大家都曾經欺騙過我，所以我轉頭去問每次都直話直說、上次也沒有加入生日砲兵團的素玲。

「真的，這次還挺不錯的，因為我，也有一點被感動到啦！」

雖然，我不太清楚我今天唱得到底跟平常有什麼不一樣，但或許，這就是不多想、勤練習，並且心甘情願默默付出的最好回報吧？

五週的特訓終於結束了，說老實話，我並沒有真的記得多少高深的歌唱技巧，我的歌喉也沒有像當初幻想的那樣，以為靠著魔鬼訓練就可以直接晉升到「歌手」的等級，但是這五個禮拜特殊又坎坷的心路歷程，卻是真正讓我永生難忘的回憶。

海螺森林

要離開這裡了，我還滿捨不得的，倒不是捨不得這種純粹的學習生活——因為也沒有過得很輕鬆——只是，在每次要結束一段永遠都無法再重來的歷程之前，我都會有一股強烈的緬懷感。

我會不自覺的去拍攝我現在熟悉的每一個角落，以及我之後確定不會再見到的畫面，因為即使景物依舊，老師一樣親切、同事一樣可愛，但是下次再見面的時候，我們就已經不是用現在這樣的身分和角度相處了，而是另外一個……完全不一樣的故事……

不過，無論有多緬懷這些不得不流逝的現在，在下一秒之後，就會變成永遠都不能改變的過去，所以我還是要繼續前進。因為，即使離開了這些美麗的過去，我還有非常多的現在、以及未來……

所以，馬來西亞的魔鬼訓練——珍重、再見了！

海螺
海螺森林
畢業證書
學生 宥勝 性別 男，于 2012 年 4 月 23 日
至 2012 年 6 月 15 日 完成 馬來西亞音樂特訓，
修完本科教學計畫規定的全部課程，成績合格，准予畢業。
海螺音樂 院長
海蝶
終於…終於畢業啦～～～

挑戰自己，
戰勝不完美——

別去懷疑自己正在做的事是不是很快就可以得到結果，只要曾經努力過，就絕對不會是白費力氣！它是真正「存在」的，而且會一直默默影響你之後的人生。

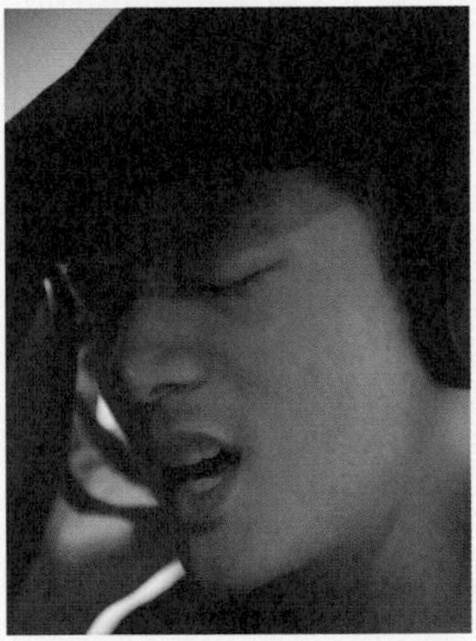

歌唱課的大衛老師

吉他課的杰洛米老師

我親筆畫給老師們的禮物。

街舞課的喬伊老師

打鼓課的阿魯巴老師

毫無預警的崩潰

當我的人生要獨自面對唱歌後，
就有一股極強烈的排斥感，怎麼樣都克服不了，
我試過各種方法逼自己唱、哄自己唱，
結果卻更沮喪……唱歌怎麼那麼恐怖啊！

從馬來西亞結訓之後，我又再度回到上海拍戲一個月。這次非常幸運、我的戲份已經所剩無幾，所以能擁有非常多的時間自由練習。

但有鑑於上次來到上海就直接墮落了一個禮拜，剛開始我也不勉強自己，就隨心所欲的做自己想要做的事。可是當第七天、第八天，到第九天都漸漸過去的時候，我就開始有點緊張了。

『奇怪，那句「我們來唱歌吧」的聲音怎麼還沒有出現？』

『都已經快過了十天了耶！還是……我自己先來練習一下？』

雖然這樣想，我還是不願起身。

『算了，那就再等等看好了……』

眼看著第二個禮拜都已經快要結束了，那句自動自發的心聲都還是沒消沒息，我終於要按捺不住了！開始在心理和生理上強力逼迫自己去練歌或是去練舞，我每天都拿出那疊資料，每天都打開我的電腦，而且每天都告訴自己：要是今天不練，你乾脆就別當歌手算了！可是這一切強硬手段所換來的結果，卻是一連串寂靜無聲的抗議……

我開始不斷的看書、看韓劇、看古裝劇，我開始不斷沉迷於那些我從來都不會沉迷的事物，例如打電動、看漫畫，而且一旦開始就沒日沒夜的……

而那時的我，竟然還自以為很享受……

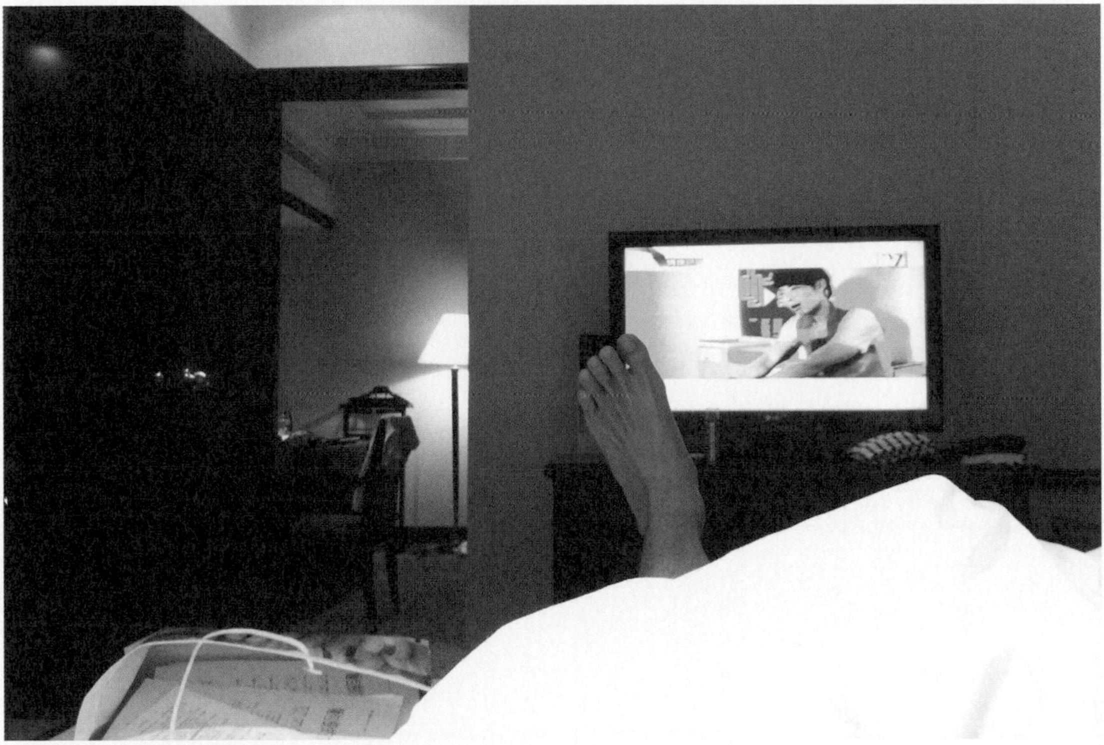

無止盡的墮落。

再也止不住的眼淚。

接下來，我開始階段性失眠。

我的生活作息大亂，如果有拍戲的話還會正常一些，只要沒戲，我整個人就會陷入一種極不規律的無日夜時空——醒了睡、睡了醒，床邊永遠有一堆書、ipad 以及遙控器，然後看累就睡、睡醒再看……

「媽，怎麼辦，從馬來西亞畢業到現在，我都沒辦法開口唱歌了……」

這種情況到了第三個禮拜，我終於想到要跟自己的老闆、我暱稱「媽」的淑娟姐求救了。

「好像當我的人生要獨自面對唱歌後，我就有一股極強烈的排斥感，怎麼樣都克服不了，我超沮喪的……我試過各種方法逼自己唱、哄自己唱，也約大家去ＫＴＶ，結果去完更沮喪……我昨天睡不著，現在又在掉淚，**唱歌怎麼那麼恐怖啊！**」

我邊流著淚邊傳簡訊，因為我真的不知道現在該怎麼辦了。

「別唱了。一切等你回來，我有法寶給你，現在都不要練習了。」淑娟姐突然回了我這個簡訊，可能是想要讓我放鬆一些。

「怎麼辦，我的腦袋不相信媽說的話，覺得只是騙術，只是想騙我先放下，結果回臺什麼也沒有。我很想相信，卻不敢相信，唉，我已經騙過自己太多次了……」

好啦，媽，我相信妳

「你不知道我開發過多少人嗎？唱歌這種事一味地練技巧就完了！我教人唱歌的方式大家都佩服得很，還有人叫我出書勒！」

淑娟姐其實就是《超級偶像》的節日監製，而當年要我去《超偶》參賽、繼而發生「超偶慘案」的那位主謀，也就是淑娟姐本人。

但也因為這樣，我好像慢慢的被說服了。

「所以你現在都不要練習，回到以前想聽啥歌就聽啥歌的狀態。前幾天麥可祭日，我又聽了他的歌，很有感覺……」

淑娟姐竟然連我最愛的麥可傑克森都搬出來了！

「我利用過他了，但也救不了我。」

我邊回邊笑，雖然文字上看起來很平靜，但我猜淑娟姐現在一定有點緊張。

「好啦，媽，我相信妳啦。對不起，我居然敗給了自己……」

「你只是找不到門而已，沒敗不敗那麼嚴重，還記得你第一次演哭戲嗎？」

「記得。」因為我當時哭不出來，也是第一時間打電話給淑娟姐。

「你個性認真，面對新挑戰總給自己太大壓力，但我們總能找到方法突破，不是嗎？所以交給我吧！別唱了，等你回來。」

就這樣，在簡訊結束之後，我就打定主意：「既然老闆都說可以不唱了，那我幹嘛一定要唱？好，那老子我他媽的就不唱了！」

奇妙的是，就在我決定的那一刻，肚子就開始慢慢變餓、陽光也漸漸變亮，重點是，音樂好像也變得有點可愛了……

從小到大，我一直都是以模範生的身分自居，相對努力、相對幸運，所以目前的人生幾乎沒有遇到什麼太大的挫折，就連進入競爭激烈的演藝圈，也一直遇到好心的貴人相助。所以一直以來，我並不知道什麼叫作真正的失敗。但這一次，我真的覺得自己是挖了一個大洞、還加了一堆燒紅的煤炭後，叫自己直挺挺的往下跳……

或許所謂的失敗或是挑戰，都是從自己的內心去定義的吧？像這一次，我面臨想都沒有想過的沉重壓力，並不是因為別人的評價、或是事件成敗所造成的，而是我自己，把這一切看待的太過嚴重。所以當我找到理由讓自己徹底放鬆之後，沒想到才隔一天，我竟然就開始偷偷聽歌、也開始偷偷唱歌了。

這天，因為車上的司機放了一些好聽的歌，我就很自然的開始跟著哼；心裡突然想到哪一首歌，我就很隨性的拿起手機開始放……所以現在，已經沒有練不練歌的壓力這回事，因為我已經放下了，而我對音樂的接觸，就只是回到以前很自然的正常狀態而已。

「今天心情如何？」

晚上九點四十五分，我看到淑娟姐的簡訊。

「非常ＯＫ，剛看完電影，而且還自己偷唱歌……」我輸入了一個大笑臉。

「哈哈，開心就好。」

一看到平常日理萬機的淑娟姐會這樣回覆簡訊，除了感動之外，我心裡大概也猜到了一件事：我昨天被騙了！

淑娟姐哪裡有什麼法寶？她根本就只是要我先真心放下對唱歌的壓力之後，再讓我自己去重新感受世界、重新去感受音樂。

當然，她真的成功了，因為我已經把自己所創造出來的巨大壓力給放下，而且是用一種好像什麼也沒有做的方式來放下，然後慢慢步入正常世界，也不覺得這樣的世界到底有哪裡不對。

在離開上海前的最後一個禮拜，我不但又跑去ＫＴＶ練歌，甚至還跑到音樂行買麥克風、耳機，裝到自己的電腦上，做出一個只要想唱、隨時都可以唱的小型ＫＴＶ！

我只能說：淑娟姐，雖然我不曾送過妳母親節禮物，妳也不知道是什麼時候多了一個我這麼大的兒子，但我還是想要大聲的對妳說——媽～謝謝妳～媽～我愛妳～～

回到臺灣之後，一切果然如我所料——什麼法寶也沒有。

看似依然煩惱，但其實已經開始偷偷聽歌了。

自己組的小型 KTV！歡唱吧！

挑戰自己，
戰勝不完美——

執著問題的癥結，只會讓自己走進死胡同。不妨先把煩心事暫時拋到腦後（記住，只是「暫時」），讓自己的腦袋放鬆一下！充分休息之後，也許能有更多的靈感湧現也說不定。

錄音大戰

進錄音室，就是一切努力的最終目標，
我曾經聽說，錄音室是一個很像地獄的地方，
再棒的歌手也會在錄音室裡崩潰……

長期抗戰的器材添購。

上海的戲殺青之後，我就回到臺灣準備開始長期抗戰。除了要錄音之外，我還要練習現場演唱、練舞，還要練爵士鼓，但在這段練習期間，我又必須開始拍攝新的電視劇、還要寫一本書，所以我必須擁有「最近距離、即時練習」的器材以及場地才行！

為了籌備這一切，我來來回回準備了快要一個月。

最後，我終於讓自己的房間幾乎成為一間小型錄音室——麥克風、錄音卡、新電腦、錄音軟體一應俱全，而海蝶的史蒂芬也特地幫我從臺中運來一套全新的爵士鼓，讓我放在一個經過千挑萬選才定案的祕密倉庫裡——一個既不會吵到別人，離我家又近的祕密基地。

接下來，就是進錄音室了。

進錄音室，就是一切努力的最終目標，在這裡面所錄製的歌聲，不紅的就短一點、只會傳唱個一年半載，但如果紅的話，就有可能在十年後的廣播裡還聽得到這首歌。

我也曾經聽說，進錄音室只是一個開始，因為錄音室是一個很像地獄的地方，我聽說再棒的歌手也會在錄音室裡崩潰……所以第一次要進錄音室之前，我非常戰戰兢兢，前一晚不敢晚睡、早上也不敢晚起，靜靜的喝著溫開

十二天，一天四小時，溫暖。

水不敢多說話，就是為了要把喉嚨保持在最良好的狀態。

「來，請進。」

要幫我錄製歌曲的傑克老師打開了錄音室的大門。

我進門後，映入眼簾的竟然只是一間小小的工作室，很溫馨而且五臟俱全，而錄音室只有一間浴室這麼大而已。昏黃的燈光配上柔軟的地毯，竟然讓我升起一股莫名的安全感，這跟我當初想像的那種冰冷、巨大的錄音室完全不同啊！

「那，我們就先來唱一遍吧！」傑克老師很隨性的說。

結果，我們就這樣在一種輕輕鬆鬆、完全沒有壓力、又遷就我歌唱能力的情形下，只用了十二天、一天四個小時的時間，一口氣連續錄完四首歌！也就是這次迷你專輯總曲數的三分之二！整個過程真是快速又順利。

雖然每次在錄完的當下，我都會有一點小小的不確定感，但既然專業的老師都認為沒有問題了，那我這個門外漢又要擔心什麼呢？於是，我也就坦然的接受了這場完全意外的隨性愉悅。

可是，當成果出來的時候，一切就都不一樣了。

「嗯……」我自己聽到歌的時候，就默默的沒有說話。

「嗯……」Rita 姐聽到歌的時候，就在思考該怎麼回應。

「嗯……」淑娟姐聽到歌的時候，表情就變得非常凝重。然後……

「重錄吧！我相信你可以更好的。」淑娟姐直接下達了這樣的指令。

「什麼?!……不會吧……」

因為當時我已經開拍新戲《我租了一個情人》，也知道這齣戲的要求很高、拍攝很累，所以一聽到四首歌都要重錄，我整個人都傻眼了……

錄歌怎麼會這麼困難？我從之前的訓練、崩潰後的心態調整：都已經拚命成這樣了，為什麼在進錄音室之後一切又都回到了原點？是不是我到現在還沒有認清事實，以為自己用這種半調子的歌喉就能發行專輯？還是因為大家不好意思告訴我這個事實，只好繼續把死馬當活馬醫？會不會我這次重錄之後，大家又都不滿意？或是到了最後的最後，大家會覺得既然都走到這一步了，不如就放棄堅持而尷尬出輯？……種種煩亂、混亂、雜亂的思緒讓我的信心有點崩壞，眼看著即將再度踏入錄音室，

我真的覺得，唱歌，怎麼會這麼難……

這股強烈的混亂情緒就有如滔滔江水一般瘋狂的湧現出來，而就在我這難以撫平的惡劣心情及不斷碎唸的抱怨聲中，有一位新來的老師安安靜靜的登場了……

這位新來的女老師，就是海蝶特地請來與傑克老師合作提高我歌唱水準的重量級音樂人、歌手，也是很多天王天后的音樂製作人，更是目前張惠妹、王力宏演唱會上御用的合音老師——馬毓芬，小芬老師。

傑克老師說：宥勝，給我好好錄！

傑克老師總是親切的帶領我錄音。

挑戰自己，
戰勝不完美——

完成一件事，不只是個人的努力，背後團隊的默默付出，是最常被忽略的。如果只專注在自己的壓力卻看不見團隊的努力，只會讓事情變得更沉重、難以進行，要時時提醒自己，站在別人的角度看事情。

她是惡魔？還是天使？

我開始有點不耐煩了，心想：好歹我都已經在錄音室錄過四首歌了，應該可以算是「小有經驗」了吧？為什麼到現在還在調整咬字呢？難道，我的基本功其實一直都沒有做好嗎？

在小芬老師出現之前，我一直把她幻想成一種「嚴師」的形象。應該會看起來凶神惡煞、可以鎮住整間錄音室的鐵血教師才對。

結果，當小芬老師一出現的時候，我整個人都呆住了。

「嗨～你好～我知道你是宥勝～沒關係慢慢來～我先喘一下氣～呼～太久沒爬樓梯了～哈哈對啊～我之前有來過嘛～～」

一位笑容可掬、說話溫柔緩慢、完全沒有架子、有如天使般的大姐姐在我面前有說有笑。要不是小芬老師的名號太過響亮，我真的會以為這位是哪裡來的慈濟志工，或是哪一家養護中心的溫柔護士勒！

「好了～宥勝你可以進錄音室了～我已經喘完了～哈哈～」小芬老師自己也邊說、邊偷笑。「那你就先唱一遍吧～開個嗓～輕鬆唱就好～」

我一頭霧水的走進錄音室、戴起耳機、架好〈昨日〉的歌詞。一邊準備開唱，一邊想：這樣也好，如果老師看起來人很好，那應該就可以錄得很快，如果可以趕快錄完，我就可以趕快回去看新戲的劇本啦！

但是，就在我把歌唱完一遍，小芬老師開始指導之後，我就知道，事情完全不是這個樣子……

「來～宥勝～」小芬老師溫柔的口氣依然沒變。「第一句，一～個～人～回～家～咬字不能太放鬆，不是一．個．人．回．家，而是一～個～人～回～

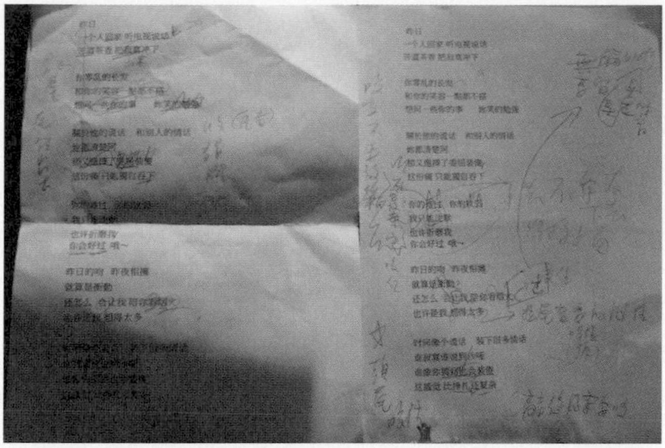

一遍一遍又一遍的錯誤。

傑克老師與溫柔護士。

家～～來，我們再試一次。」小芬老師也自己開口示範。

「好……一～個～人～回～家～～」所以我又再唱了一次。

「你還是沒有咬緊啊～來～再來一次～」

我沒咬緊嗎？

「一～個～人～回～家～～」我試著要做到所謂的「咬緊」。

「不對，你現在唱起來像伊．割．惹．揮．家，這樣聽起來很像在唱兒歌。」

我開始有點不耐煩了，心想：好歹我都已經在錄音室錄過四首歌了，應該可以算是「小有經驗」了吧？但是……為什麼到現在還在調整咬字呢？小芬老師不是應該來幫我加強語氣、神態、感觸這些更高深的技巧嗎？怎麼會還在磨咬字？難道，我的基本功其實一直都沒有做好嗎？

「一～個～人～回～家～～」我壓抑著懷疑，再唱了一遍。

「宥勝～我說的是咬緊，不是用力～你剛剛這樣唱太用力了～」

「我要的只是有力，然後確實咬字～所以不要太用力喔，來，我們再來一……」

突然，小芬老師不說話了。

她先看了看傑克老師，傑克老師也看了看小芬老師，然後他們一起錯愕

ZuoRi Dub DP6
Tracks
Sequence
Drum
MIDI
QuickScribe
Mixing Board
Song
Sound File
Meter Bridge
Dub 2
2C1
2C2
Bridge
3C1
Soundbites
ADAT 8
SPDIF 2
Auto
Insert
take 1
Good Tone

不對、不對，還是不對嗎？

的看向我的經紀人後，就偷偷離開了錄音室。因為，我站在麥克風前，抬著頭、咬著牙、一動也不動的瞪著歌詞，然後，眼淚一直不停的往下掉……

我想到，我只剩三個月就要發片了。

而在這三個月之間，我大部分的時間都要拍戲——而且是一齣讓我很費神的戲，如果不考慮雜誌、廣告、活動等工作的話，就必須要等到不用拍戲的時間，我才能拿來分給錄音、寫書、練歌、練舞、練鼓……而這其中的每一項，都是必須花上很長的時間才有辦法做好的！

只可惜這樣看來，我真的是已經沒什麼時間了……

說到底，我還是一個太過認真的傻小子，竟然會為了一堆我無法掌控的事而流淚！如果事情真的做不完，那就不要做了嘛！世事豈能盡如人意？問心無愧才是最重要的。反正公司永遠都會貪得無厭，我愈強、工作就變得愈多，我愈犧牲自己，他們愈是心花怒放，那我為什麼要一直跟自己過不去呢？

突如其來的壓力、絕望、難過等等負面情緒一下子全都衝上腦門，讓從來都不曾在外人面前流淚的我，終於不管身邊的人到底是重量級製作人，還是慈濟的好姐姐，都擋不住我這次幾近無聲的潰堤！

「小芬老師對不起，我們才第一次見面就……」

感恩並施下的奔放。

小芬老師還真是無辜，因為我在煩惱的事，明明就跟老師一點關係都沒有。「不會啦！你好辛苦喔～可憐的孩子～」小芬老師似乎很能理解我的心情，還和善的安慰我。

「沒關係，那你先休息一下，等一下我們就簡單唱，反正今天我們只要先抓住這首歌大概的感覺就好了～」

雖然如此，但經驗十足的小芬老師，怎麼可能放過在錄音室的任何機會呢？所以在接下來的數個小時裡，小芬老師就恩威並施、以退為進，一邊了解我歌聲的狀況、也一邊默默幫我做多層次的調整與突破。

雖然老師的說話方式像天使一樣溫柔，但她內心的堅持與魄力，卻比惡魔還要霸道！因為她總是可以在我狀態好的時候不斷猛攻我、壓迫我，但在我快要發火之前，她又會開始鼓勵我、稱讚我，讓我在擁有成就感之後，自然而然的再次進入狀況。

我跟小芬老師合作的第一天，就是在這種軟硬兼施、彷彿被催眠的奇妙狀況下、舒舒服服又迷迷糊糊的結束了。

等我回到公司後，我才知道，大家居然為了我在錄音室淚崩這件事大聲歡呼！不管是淑娟姐、Rita 姐還是 Joy 姐，都認為我不願意在大家面前展露情緒的個性實在是太過緊繃，所以一聽到這個難得一見的消息都鬆了一口氣，否則很擔心如果我再不好好發洩一下，之後可能就會面臨真正危險的崩潰了。

而這樣的情緒宣洩，好像真的對我繼續面對壓力有很大的幫助，因為在幾天後，我居然頂得住小芬老師在第二次錄音時火力全開的攻勢！

第一次的時候，小芬老師已經了解我的喉嚨狀況、聲音特色，再融合她原本解讀歌曲的細膩度，所以第二次錄音，我們足足飆了七、八個小時，中間大約只吃了半小時的飯，然後就一直唱一直唱一直唱……雖然我在過程中真的好幾度想要撞牆、想要踹門，但在這些痛苦的試煉中，我的歌唱敏感度卻也不斷的更上一層樓！

第三次錄音，我其實已經有點害怕了，敏感的小芬老師也發現我的恐懼，當場就說：「沒關係，其實前兩天我們已經錄得差不多了，今天只要補錄一些稍稍不足的地方就可以，很快的！」

結果我一進錄音室，小芬老師這位擁有迷人魔法的惡魔天使，就再一次把我扎扎實實的折磨了五個小時！什麼只要補錄一點點！這根本就是前空翻再加上後空翻！

結果，我們就在這樣死推活拉、驚天地泣鬼神的浴血奮戰之後，總算，把這首超難唱的〈昨日〉全部錄完了。

「天啊……」

整首歌播放完畢之後，我有點不敢相信自己的耳朵，我唱出了一首以前絕對唱不出來的〈昨日〉。

「太好了～宥勝～你真的很棒～」小芬老師的話才說完，就一把被我抱進懷裡。

感動，當下只有一種歷劫歸來的深刻感動……

雖然在跟小芬老師擁抱的十分鐘前，我還是很想大罵髒話、甚至很想惡狠狠的把麥克風給拆掉，可是到了現在這一刻，卻又覺得一切的痛苦都值得了！

這種「努力過後擁有豐碩成果」的感覺，其實我非常熟悉，但這一次，卻是我這輩子感受最深的一次！因為我知道，最後能夠得到這樣的結果，並不完全只是因為小芬老師的調教，而是我在過去幾個月那不斷衝撞的魔鬼特訓裡，得到很多老師、朋友和同事的真心分享，不管是生日會時大家的假痛批、喬伊老師在國外感動的經驗、阿魯巴老師長年的執著、傑克老師初期的堆疊，都慢慢讓我在獨自面對學習以及表演時擁有更正確的態度，而我也在這些自我研究、受傷打擊和上海封閉等等心境洗練的過程裡，逐漸累積了愈來愈多足夠燃燒的養分。

在小芬老師出現之前，我一直都還沒有看到那把可以讓人眼睛發亮的熊熊大火，可是等到小芬老師這把烈焰一出現，瞬間爆發的能量就馬上照亮了整個世界！

淑娟姐聽過帶子之後，當然也不再有任何疑問，專輯裡的〈都給你〉、〈笑臉〉，最後也都是請小芬老師來幫忙操刀的。一樣有非常痛苦的過程、一樣有非常反彈的情緒，但是，那又怎麼樣呢？等每首歌錄完、小芬老師把她的惡魔尾巴收起來之後，我都還是一樣，會跑去給她一個超大的擁抱！

小芬老師，謝謝妳！雖然我把妳形容成一隻會露出尾巴的惡魔，但妳一定也是世界上最美麗的惡魔！雖然我不確定未來還會不會再碰到妳，也不確定我會不會繼續朝歌手的路邁進，但是這三首歌的三次邂逅，我很肯定，我是永遠永遠都不會忘記的！

小芬老師，真的，謝謝妳！

現在，所有的掙扎、所有的不安、所有的磨難，或許都暫時告一個段落了。

因為在小芬老師離開錄音室的那一刻，接下來有關歌唱的事情，就不會有任何人再逼迫我了，但換句話說，接下來所有的事，也都完全要靠我自己了。

走到即將發片的這一步，我當然已經沒有任何反悔的餘地，而接下來要面對的殘酷鎂光燈，也就是我所有努力的最後呈現。足夠？不夠？成功？或是失敗？我都必須為此負起責任，不管我到底偷懶了幾個夜晚、或是拚命了幾個禮拜，我知道，我都已經用我自己的觀點做出最好的選擇，無論成果如何，這就是我的結果，我都會珍惜、並且記住它！

人生的一切，都只是個過程而已。或許現階段的我，會為了最後的成敗而在乎的死去活來，但是十年後的我呢？回頭一看，可能就只會有過癮，或是不過癮的差別而已吧！

但是，我知道我不會後悔，就算十年後的我也不會後悔，因為這一次的我，真的是、真的是——非常的過癮！

祝福大家，都能從現在開始擁有一個過癮的人生，而且在最後的最後，都不再有任何遺憾。

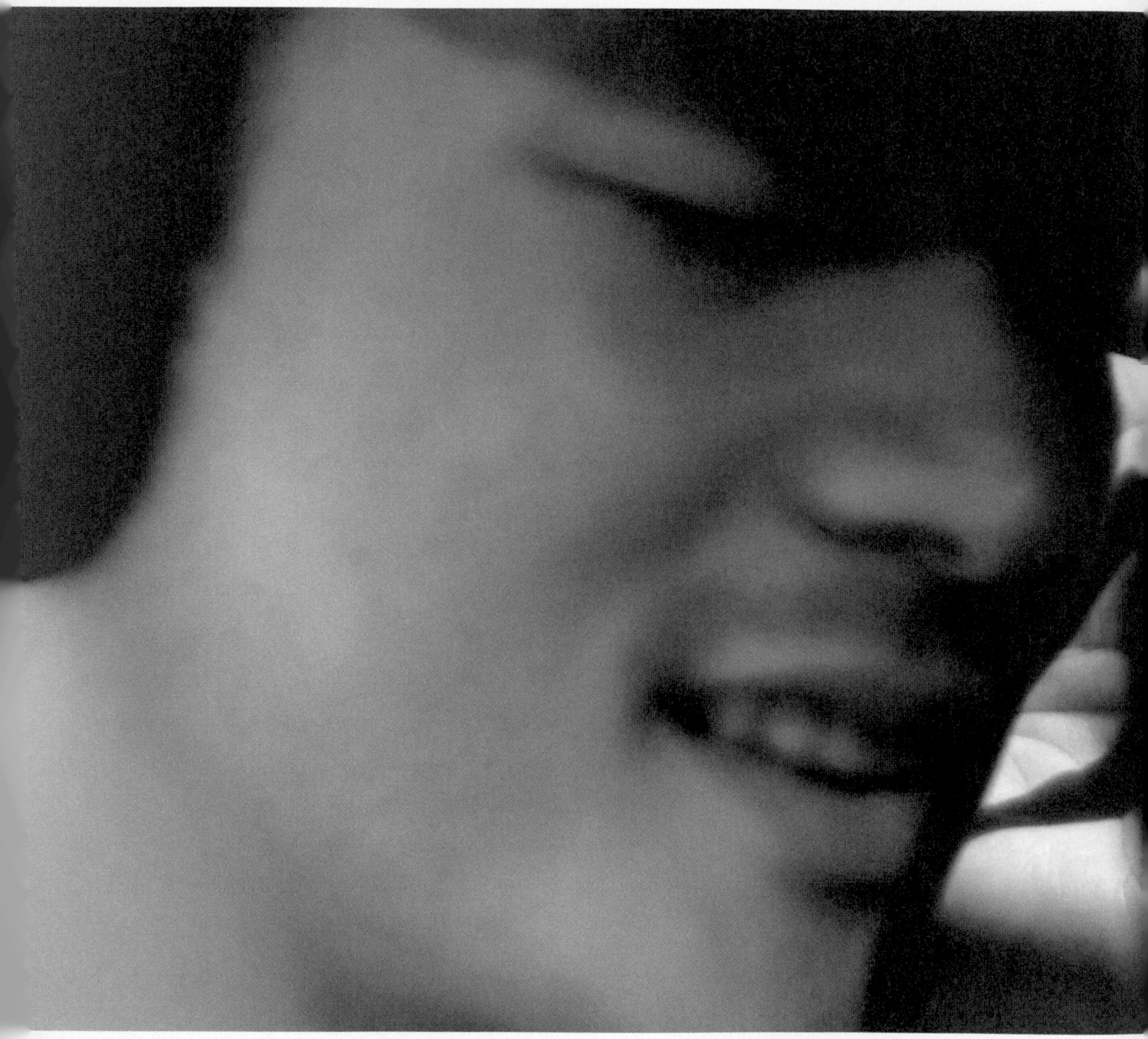

挑戰自己，
戰勝不完美——

「放棄」這兩個字，對太過認真的人來說，簡直是不可能的任務！可是世事豈能盡如人意？問心無愧才是最重要的！在過程中獲得的東西，比成果如何還要更加珍貴！

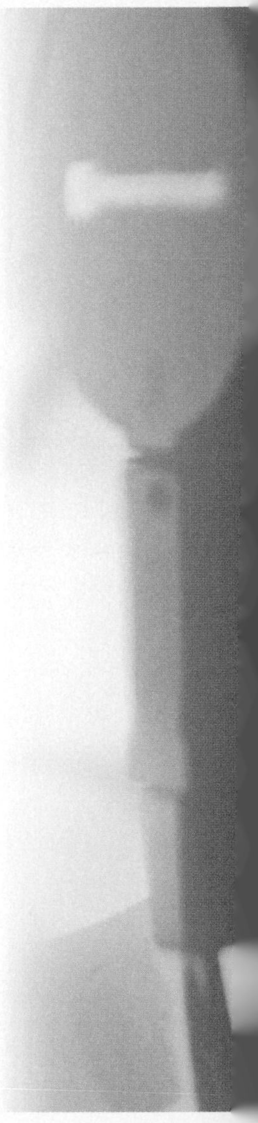

後記——未知的結局

對於我現在所擁有的一切，我已經超級心滿意足了！
我現在又敢在ＫＴＶ唱歌了，也開始會去不自覺的聽歌、迷歌，
更可以完全真心、又非常自在的享受我所接觸到的所有音樂！
我知道，我已經補足人生中的那塊缺憾了。

被我偷拍的林清振導演。

二〇一二年的最後兩個月，將會是我目前生命裡最輝煌的時刻。

在新戲開拍之後，雖然劇組也很想幫忙，但是所有事情的安排都開始產生衝突。我們開始安排不出時間練舞、安排不出時間學鼓，就連寫書，都是我抱著一臺筆電整天在劇組裡晃盪，一抓到時間就寫，找到位置就插。

真的非常感謝《我租了一個情人》的林清振導演，如果不是他的寬宏大量，哪有一個導演能夠忍受男主角老是趁燈光師在打燈的時候，偷偷摸摸的躲在角落寫書啊?!

一直到交稿的今天，二〇一二年十一月十七日，我已經好久沒有練歌、也好久沒有練鼓了。或許一個人在同一時間裡就只會有一雙手和一雙腳，或許這個人在短短的未來裡又必須完成一萬件根本就不可能完成的事，但其實，最真實存在、也最必須完成的，就只有現在握在手上的這一件事情而已。

我們人生裡最需要投入的，其實就只有當下、以及眼前的這件事情而已！

現在的我，專輯的歌錄完了，書也即將寫完了，就算還有很多事都沒做，而且一個多月後就要發片了，那又怎麼樣呢？我錄完歌、也寫完書了耶！我要放自己一個假！我要打一下電動，我要看一場電影，我要吃一頓大餐，我要……

「喂！宥勝！換你上戲囉！」

「喔，好好好！我馬上來！……」

唉～人生嘛！還能怎麼樣，不就是在看到可笑的事的時候笑一下，看到能哭的事的時候就擦個淚嗎？雖然此時此刻的我，還真的不知道是該哭還是該笑，但是最後，我想我一定會去選擇——笑！

笑啊！笑啊！快用力笑啊！

怎麼樣，我就是不完美，但我一定不會後悔！「啦啦啦～」

我真的不知道我的專輯會賣得怎麼樣。

而且平心而論，我其實不覺得我的歌聲有什麼奇蹟般的進步，因為在錄音室錄出來的歌，我總覺得都是被小芬老師強力的催眠後才有辦法唱出來的。

雖然如此，但對於我現在所擁有的一切，我已經超級心滿意足了！因為我現在又敢在KTV唱歌了，我也開始會去不自覺的聽歌、迷歌，更可以完全真心、又非常自在的享受我所接觸到的所有音樂！

我知道，我已經補足人生中的那塊缺憾了。

我也非常感謝所有支持我、並協助我走完這一遭的朋友們。從一開始積極促成唱片合作的海蝶影劇部總監史帝芬開始，到淑娟姐、Rita姐和海蝶總經理黃健忠老師互相的溝通後，才有了馬來西亞的魔鬼訓練。當然，大衛老師、喬伊老師、阿魯巴老師、杰洛米老師、素玲、阿肯、安吉都在馬來西亞給了我一段非常痛苦又美好的回憶。

只是，到了真正要挑歌、決定企畫方向並錄製專輯時，海碟音樂才真正進入掙扎，並為了尋找適合我的歌聲及整張專輯概念，花了相當大的努力及代價。像負責整張專輯企劃統籌的海蝶副總Joy姐，竟然曾經在和Rita姐雙方各有堅持之下，忍不住激動落淚後再次理性溝通，才能順利的讓傑克老

等戲的時候，馬上寫！

我會躲在導演比較不會注意的地方啦～

師、小芬老師進入錄音室錄製歌曲……為了專輯好，為了宥勝好，其實在我背後都曾經發生了非常多我不知道的過程，雖然我都只專注在自己的壓力與付出上，但因為有了他們，我覺得一切都變得更溫暖，所有努力也都變得更有意義！

我最後一關的考驗，就是要在簽唱會現場、在錄影現場，或是在表演的現場，直接唱歌給大家聽了。

二〇一二年底，應該就是我歌聲謎團的大限，從那一刻起，我是要被大家嘲笑好幾年，還是可以讓大家刮目相看好一陣子，就要看我當時的表演到底有沒有感動人心了！要是，我的表現還是跟在北京一樣不斷掉漆或不斷走音的話……

無論如何，我都會盡全力去完成每一場表演，除了自己，也不能辜負了所有參與者的付出，所以希望大家到時候，也可以到某一個我即將演唱的現場一起來見證——一個屬於宥勝、也屬於擁有這本書的你——永難忘懷、以及無法抹滅的歷史回憶。

而最後，其實我也希望藉由這本書讓大家知道，如果在我們心中有著一件自己非常在意的事，不管是夢想或是夢魘，我們都應該在誠實面對自己之後，去面對它。雖然過程中一定會有很多痛苦，也可能會看見更多自己的不

完美，但只要用心去經歷以及體驗，無論最後結果如何，我們都不會再後悔，

而且，我們也會因此認識一個，更完整、也更真實的自己。

感謝閱讀《挑戰我的不完美》。

——全書完——

VIEW 系列 009

挑戰我的不完美

作　者—宥勝
主　編—陳信宏
責任編輯—尹蘊雯
責任企畫—曾睦涵
美術設計—我我設計工作室wowo.design@gmail.com
發 行 人
董 事 長—孫思照
總 經 理—莫昭平
第二編輯部
總 編 輯—李采洪
出 版 者—時報文化出版企業股份有限公司
10803台北市和平西路三段二四〇號三樓
發行專線：（〇二）二三〇六—六八四二
讀者服務專線：（〇二）〇八〇〇二三一七〇五・（〇二）二三〇四七一〇三
讀者服務傳真：（〇二）二三〇四—六八五八
郵撥：一九三四四七二四時報文化出版公司
信箱：台北郵政七九～九九信箱
時報悅讀網—http://www.readingtimes.com.tw
電子郵件信箱—newlife@readingtimes.com.tw
第二編輯部臉書—http://www.facebook.com/readingtimes.2
法律顧問—理律法律事務所陳長文律師、李念祖律師
印　刷—詠豐印刷有限公司
初版一刷—二〇一二年十二月二十一日
初版二刷—二〇一三年一月十日
定　價—新台幣三二〇元
⊙行政院新聞局局版北市業字第八〇號

國家圖書館出版品預行編目資料

挑戰我的不完美/宥勝著.
-- 初版. - 臺北市：時報文化, 2012.12
面；　公分. -- (VIEW ; 009)

ISBN 978-957-13-5695-2 (平裝)

855　　　　101024558

ISBN 978-957-13-5695-2
Printed in Taiwan